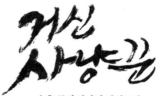

온후 퓨전 판타지 장편소설

WISHBOOKS FUSION FANTASY STORY

검신 사냥꾼 9

온후 퓨전 판타지 장편소설

초판 1쇄 찍은 날 | 2018년 7월 19일
초판 1쇄 펴낸 날 | 2018년 7월 26일

지은이 | 온후
펴낸이 | 예경원

기획 | 위시북스
편집책임 | 이규재
편집 | 위시북스

펴낸곳 | 예원북스
등록번호 | 제396-2012-000132호
등록일자 | 2012. 7. 25
KFN | 제1-290호

주소 | 경기도 고양시 일산동구 호수로 646-24 위너스21Ⅱ빌딩 206A호 (우)10401
전화 | 031-819-9431 팩스 | 031-817-9432
E-mail | yewonbooks@naver.com

ⓒ온후, 2017

ISBN 979-11-89348-41-0 04810
      979-11-6098-697-6 (set)

거신 사냥꾼

9

온후 퓨전 판타지 장편소설

WISHBOOKS FUSION FANTASY STORY

거신
사냥꾼

CONTENTS

49장 왕의 자격(2) 　　　　　　　　　7

50장 신들의 황혼 　　　　　　　　　13

51장 크투가 　　　　　　　　　93

52장 열두 가지 시련 　　　　　　　　　175

53장 더 로드(1) 　　　　　　　　　237

49장
왕의 자격(2)

나는 눈 앞에 펼쳐진 광경에 잠시 넋을 잃었다.

'믿기지 않는군.'

하나가 아니다.

둘이다.

구화린과 유설이 함께 각성했다.

부르르르르!

그러자 월천의 검이 떨리기 시작했다.

곧 검신에 두 개의 문양이 더해졌다. 하늘을 뚫고 승천하는 두 마리의 용이었다.

그러자 월천의 목소리가 들려왔다.

-금지된 다섯 개의 무공이 모여 '천마신공'을 만든다.

-다섯 마리의 용이 모두 승천하면 온전한 '천마신공'의 주인이 되리라.

　-천마신공은 진정한 왕의 자격, 모든 하늘을 아우를 수 있는 힘.

　천마신공!

　설마 천마와 관계된 이름이 여기서 튀어나올 줄이야.

　검은 계속해서 떨렸다. 공명. 구화린, 그리고 유설에게 공명하고 있는 것이다.

　[월천의 강화(+2)가 완료되었습니다.]

　[+1, 절대로 부서지지 않습니다.]

　[+1, '체력+9'의 효과가 더해집니다.]

　[+2, 신성조차 베어내는 절삭력이 추가됩니다.]

　[+2, '힘+9'의 효과가 더해집니다.]

　[월천을 쥐고 있을 때 체력과 마력의 회복 속도가 현저히 올라갑니다.]

　월천의 떨림이 멎었을 때, 구화린과 유설은 쓰러져 잠들었다.

　나는 가만히, 고개를 끄덕였다.

'성공했다.'

그것도 대성공이었다.

"……그가 우리의 말을 따르기로 한 게 확실하겠지?"

"선물을 잘 받았다고 했다."

"하지만 파트리오, 우리엘 디아블로는 계속해서 승리해 나가고 있다."

니드호그가 다시 움직이며 전쟁이 재개됐다.

그리고 우리엘 디아블로는 계속해서 승승장구하는 중이다.

도저히 '최약체'라고는 믿기지 않을 만큼 강했다. 저 힘은, 적어도 상위 데몬로드 20% 안에는 들어갈 수 있는 크기였다.

자신들의 말을 알아들었다면 적당한 선에서 패배를 선언하고 '태양왕'에게 종속되어야 한다. 그렇게 태양왕을 안심시키는 게 우리엘의 역할이었다.

그런데 그는 계속해서 이기고 있었다.

"우리의 말을 잘못 이해한 건가?"

"그러기엔 라이라와 우리엘의 사이가 별로라고 하더군."

"그게 다 연기라면?"

"불가. 라이라 디아블로도 생각이 있다면 우리를 따르는 게

득이라는 것쯤은 알고 있을 것이다. 굳이 연기를 할 이유가 없지."

"그럼 우리엘과 라이라의 사이가 우리의 계획대로 틀어졌다고 봐야 하는 건가?"

"다음 단계로 나아가자. 우리도 여유가 많진 않다. 태양왕이 낌새를 느낀 것 같다."

"파트리오, 본래라면 너의 역할은 우리엘 디아블로와 함께 자폭하는 것이었으나…… 그가 받아들였으니 네가 할 일은 하나다. 태양왕과 싸우고, 죽어라."

파트리오는 자폭 병기다. 태양왕을 죽이진 못하겠지만 큰 피해는 줄 수 있을 터.

하지만 파트리오의 눈빛 깊은 곳에 흔들림이 생겼다는 걸, 그들은 인지하지 못하고 있었다.

50장
신들의 황혼

문은 전부 여섯 종류가 있다.

황금색, 주황색, 보라색, 파란색, 하얀색, 그리고 검은색!

황금색은 고대의 사원과 같이 숨겨진 비보가 있었고, 주황색은 '오딘의 보물 창고'와 연관이 있었으며, 보라색은 '격'이 다른 괴물이 숨어 있다. 파란색은 이종족들이 사는 터전, 하얀색은 별다른 특색 없는 장소나 괴물……

하지만 가장 위험하다 판단되는 건 바로 '검은색' 문이다.

심연!

인류에겐 과거에도, 현재에도, 미래에도 미지의 장소다.

절대 들어가선 안 된다. 보라색 문과도 차원이 다르다.

진정한 어둠.

대적 불가의 괴물들. 인류는 '데몬로드'와 비슷한 존재들이 그곳에 있으리라 추측했다.

그리고 현재.

'검은색 문'들이 일제히 이상 변화를 일으켰다.

"어째서 '안쪽'이 보이는 거냐!"

"이게 대체 무슨 일인가. 검은색 문들이 투영하는 곳은 어디고?"

"심연? 그럼 우리가 지금 심연을 들여다보고 있다는 말이냐?"

이상 변화.

검은색 문들은 점점 그 크기를 불려가더니 하늘 전체를 좀먹었다. 태양이 보이지 않고 오로지 어둠만 있었다.

벌써 3일째 일어나고 있는 기현상.

그런데 오늘, 또 다른 변화가 생겼다.

검은색 문이 투영한 하늘에서 반대편의 '세계'가 보이기 시작했다.

그곳은 심연이었다.

심연이 거꾸로 매달린 채 지구에 투영되고 있었다.

모든 인류가 그것을 지켜보는 중이었다. 세기조차 힘들 정도로 많은 괴물이 격돌하며 싸우는 장면을.

"엄청나군. 저런 괴물들이 지구를 침략한다면······."

꿀꺽!

전 세계의 수뇌부는 긴장했다. 태양이 보이지 않은 지 3일이

지났다. 지구 자체를 좀먹은 어둠은 사람들을 공포로 물들게 만들었다.

특히 저 괴물들…… 각성자의 눈으로도 쫓을 수 없을 정도로 빠르고, 강력한 저들이 일제히 지구를 침략한다면?

멸망이다. 이길 수 없다.

"차라리 우리가 저쪽으로 '핵'을 쏠 순 없는 건가?"

"단순히 '보여주고' 있을 뿐입니다. 저 어둠을 그대로 통과할 겁니다."

여러 가지 논의가 오갔다.

하지만 답은 나오지 않았다.

대관절 왜 갑자기 이런 현상이 일어났는지조차 인류는 파악하지 못하고 있었던 것이다.

변화는 또 있었다.

태양이 뜨지 않은 뒤로 '보라색 문'들이 빠르게 열리기 시작했다.

엄청난 속도로 태엽을 돌리며 일제히 문을 열고 인류를 침략했다.

그중 가장 까다롭다 전해지는 괴물은 단연 하나였다.

알 아락사르!

마음대로 모습을 변형하는 물의 기사. 현재의 인류에겐 너무 이른 강자. 그가 세계로 나왔다.

알 아락사르는 계속해서 '침략'을 받고 있었다.

　그 날, 에인션트 원의 보고에서 관리자의 권한을 넘겨준 뒤, 알 아락사르는 위대한 별에 의해 끌려갔다. 그리고 계속해서 정신을 침략당했다.

　아무리 그가 에인션트 원의 기사라 할지라도 별의 의지는 너무나도 강력한 것이었다.

　좁고 칠흑과 같은 무한한 어둠.

　마침내 세계로 다시 나왔을 때, 알 아락사르의 정신은 거의 무너진 다음이었다.

　"마치 러시아의 재래를 보는 것만 같군."

　알 아락사르는 미국 몬태나 주에서 나타났다. 도시 하나가 순식간에 파괴됐다. 최신형의 무기들을 마구잡이로 퍼부어도 알 아락사르의 '형체'는 무너지지 않았다. 빠르게 수복하고 마음대로 형태를 바꾸며 인류를 농락했다.

　그것은 마치, 아르켄이 러시아의 군부를 부술 때의 모습을 보는 것만 같았다.

　"얼려도, 태워도 꼼짝하지 않습니다. 소형 핵조차 분해합니다. 오로지 '마력'에만 반응한다는 보고가 있습니다."

"6만의 군인, 3천 명이 넘는 각성자가 죽었습니다."

"몬태나 주가 쑥대밭이 되어가고 있습니다. 알 아락사르는 이곳, 워싱턴 쪽으로 북상 중입니다."

"……많은 전문가가 한국에 원조 요청할 것을 권하고 있습니다."

미국의 대통령은 보고를 받곤 침음을 흘렸다.

"미군으론, 미국만으론 대처가 불가능하다?"

미국은 세계 최대 규모의 군대를 자랑하는 곳이다. 괜히 '천조국'이라 불리는 게 아니다. 천조 규모의 국방비를 아무렇지도 않게 투입하는 게 미국이란 나라였다.

하지만 그 상상을 초월하는 규모의 군대가 쓸모없는 취급을 받고 있었다.

각성자로 이뤄진 부대들은 거의 절멸 상태.

현대 무기가 통하지 않는다면 답이 없는 것이다.

"한국과 미국의 관계는 양호한 상태입니다."

"그곳에는 '아포칼립스 길드'와 '바람의 노래 길드', 그리고 '엘프 연합'이 있으니까요."

한국은 모든 면에서 빨랐다. 가장 먼저 길드를 만들고, 세계적으로 탈바꿈시켰다.

아포칼립스 길드와 바람의 노래 길드는 명실상부 세계 다섯 손가락 안에 들어가는 곳이다.

하물며 엘프들과의 연합으로 한국은 '신성불가침'처럼 여겨지고 있었다.

핵은 보유하고 있지 않지만, 그 이상의 저력을 갖춘 곳.

괴물의 출현으로 '각성자의 힘'이 국가의 척도가 되어가는 중이었다.

게다가 3일간 이어진 어둠. '심연의 세계'는 전율 자체였다. 모든 인류가 공포로 물들었다.

알 아락사르를 빠르게 제거하지 않으면 미국의 중심이 흔들린다.

게다가 알 아락사르가 이곳 워싱턴 D.C 쪽으로 북상 중이라면, 넘어오기 전에 저지해야 한다.

저지하지 못한다면?

상상만으로도 끔찍하다.

한참이나 고민하던 미국의 대통령이 고개를 내저으며 말했다.

"하지만 한국이 중요한 인력을 내어주겠나?"

전 세계가 비상이다. 괴물들이 미쳐 날뛰고, 태양은 3일째 뜨지 않았다. 하늘에 투영된 심연은 답도 없었다.

이런 상황에서 소중한 자국의 인력을 내어주는 나라는 없다.

"거래를 해야지요. 한국이 원하는 걸 들어줘야 합니다."

"한국이 원하는 거라. 그게 무엇이든 말인가?"

"알 아락사르가 워싱턴으로 진격해 들어오면 국가 위신이 땅에 떨어질 겁니다."

하물며 들어와도 막을 방법이 없다.

최악보단 차악이 낫다. 게다가 한국은 미국과 우호적인 관계. 어쩌면 차악이 아니라 최선일지 모르는 수였다.

"……한국에 도움을 청하도록 하지."

"반칙이야. 너무 강하잖아!"

바람의 노래 길드의 길드 마스터 유서희가 뿌루퉁하게 뺨을 부풀렸다.

워싱턴과 몬태나 주의 경계선, 그 사이에서 오천의 각성자와 알 아락사르가 대치 중이었다.

모두 한국의 정예로 이뤄진 부대였다. 거리를 두고 미친 듯이 원거리 마법을 뿜어댔지만 알 아락사르는 꿈쩍도 하지 않았다.

바닥에 발을 박은 채 거대한 물의 방패를 형성해서 모두 막아버리고 있었다.

쉬이이잉!

콰아아아아앙!

심지어 방어만 하는 것도 아니었다.

알 아락사르는 거대한 창을 던져 댔다. 창이 지상을 휩쓸 때마다 열 명이 넘는 정예가 죽어 나갔다. 흔적조차 남기지 못하고.

"저놈의 마력은 무한이야? 왜 지치질 않지?"

"마스터, 관찰 계열 스킬 사용자들이 결론을 내렸습니다. 저 물의 장벽이 마력을 '흡수'하는 것 같습니다."

"뭐어?"

유서희가 눈을 깜빡였다.

"더 강한 마력으로 뚫어야 합니다. 그 외엔 방법이 없습니다."

"우리 중에 가장 마력이 높은 사람이 누구지?"

"……마스터이시죠."

"80밖에 안 되는데?"

"60이 넘는 사람은 손에 꼽습니다."

"내가 공격해 봤는데 안 통해. 하루아침에 마력을 강화시킬 수도 없는 노릇이고. 아, 방법이 아예 없는 건 아니네."

"아포칼립스 길드와 연계해 볼까요?"

"거기 부길드 마스터랑 얘기 좀 해보자."

이곳에 온 건 바람의 노래 길드만이 아니다. 아포칼립스 길드도 있었다. 길드 마스터 김민식이 실종된 이후로 부길드 마스터 '김지훈'이 그 자리를 대신하고 있었다. 김지훈은 외눈 안경을 쓴 마법사다.

하얀 로브를 입은 그가 유서희를 찾아왔다.

"유서희 길드 마스터, 저 방패를 뚫을 방법이 있다고?"

유서희가 어깨를 으쓱했다.

"그쪽에 '증폭' 스킬 가진 마법사들 몇 있죠? 우리 쪽으로 붙여줘요."

"이유는?"

"저 방패 뚫기 싫어요? 내가 가진 '천벌'로 저 방패를 잠깐은 없앨 수 있을 것 같거든요. 그러기 위해서 증폭 스킬 가진 사람이 다수 필요해요."

"흠…… 다섯 명 붙여주지."

"쩨쩨하시다."

"그 이상은 안 돼. 이것도 리스크를 감수한 숫자다."

"OK. 해보죠, 뭐. 난 불가능을 가능으로 만드는 매지컬 소녀니까."

자기 길드의 전력을 마구 퍼줄 수는 없다는 거, 잘 안다.

유서희는 작게 혀를 차곤 즉시 전장으로 나섰다.

천벌.

그녀가 가진 최강의 전격계 공격 스킬이었다.

유서희가 슬쩍 하늘을 올려다봤다.

'또 이겼다!'

검은색 문이 만든 파노라마. 심연에서도 전쟁이 벌어지고 있었다.

괴물끼리 싸우는 것이다. 왜 경악스러운 괴물들이 싸우는지 누구도 이유를 알지 못한다. 평범한 다툼치곤 그 규모가 상상을 초월하고 있기 때문이다.

저 전쟁이 끝나면 무슨 일이 벌어질지…… 아무도 모른다.

하지만 어느 순간부터 전쟁의 양상이 달라졌다. 대표로 보이는 괴물들만이 힘을 겨뤘다. 유서희는 그중 하나를 유심히 지켜보고 있었다.

"어째서 선생님이랑 같은 검술을 사용하는 걸까?"

"마스터, 준비 다 됐습니다."

"응? 아아, 알았어."

유서희가 양손을 들었다. 곧 아무것도 없던 허공이 치직! 거리며 전류를 만들었다.

전류의 크기는 점차 커져 갔다.

전격계의 스킬을 가진 각성자는 매우 적다. 또한 전격계의 스킬은 가장 강력하다고 평가를 받는다.

'천벌'은 현재까지 알려진 인류의 전격계 스킬 중 최강이었다. '제우스의 신벌'이라고도 불리는 이것이 유서희 최대의 무기였다.

"증폭 개시!"

"증폭 개시!"

증폭 스킬을 가진 각성자들이 유서희의 천벌을 강화시키기 시작했다. 천벌의 크기가 순식간에 두 배로 뛰었다.

어지간한 바위보다 큰 수준. 이만한 스킬이면 작은 마을 하나쯤은 단번에 파괴시킬 수 있을 것이다.

쿠아아아아아아앙!

이윽고 유서희가 창을 던지듯 자세를 취하자, 쏜살같은 속도로 천벌이 알 아락사르를 향해 달려갔다.

이어 물의 방패가 천벌과 부딪혔고, 잠시 반발하더니 그대로 방패의 중심이 뚫렸다.

콰아아아아아앙!

거대한 폭음. 자욱한 연기.

"주, 죽였나?"

"방패를 뚫은 건 봤는데."

"저 정도 일격을 받고 어떻게 살아?"

유서희도 긴장하며 바라봤다.

이윽고 연기가 걷히자…… 유서희의 표정이 굳었다.

"모두 피해! 빨리!!"

"예?"

"예? 가 아니라 도망치라고!"

유서희가 헐레벌떡 자리에서 벗어났다. 사람들도 곧 그 이유를 알 수 있었다.

분명히 방패는 뚫었다.

하지만, 방패가 한 겹이 아니었다.

그리고 유서희가 쏘아낸 전격, '천벌'이 더욱 커다란 모습으로 알 아락사르의 중심부에 떠올라 있었다.

되돌아온다…….

막을 수 없다.

저걸 직격으로 맞으면 수백 명, 어쩌면 그 이상의 숫자가 단숨에 증발할 것이다.

치지지지직!

쿠아아아아아아아앙!

사자의 함성과 같았다. 전격은 대기를 찢으며 미친 듯이 달려들었다.

미처 피하지 못한 사람이 더 많았다. 유서희는 입술을 꽉 깨물었다.

하지만 더욱 강력해진 천벌은 터지지 않았다. 어느 순간 앞을 가로막은 남자가 있었다.

알 수 없는 살점으로 이루어진 용을 타고서.

잔뜩 굳은 얼굴로 그 남자가 '천벌'을 막았다.

"김민식 길드 마스터……?"

모두가 의아해했다.

실종된 줄 알았던 그가 돌연 나타났다.

그러곤 검을 쥔 채 알 아락사르에게 돌격했다.

촤아앙!

쑤아아아아악!

물의 방패가 그의 검에 꿰뚫렸다. 몇 번 공격을 당한 알 아락사르도 방패를 걷어내고, 물의 검을 만든 채 김민식과 겨뤘다.

호각?

아니, 아니다.

아무리 그래도 알 아락사르는 알 아락사르였다. 게다가 알 아락사르의 검술은 무척이나 정교하고, 빈틈이 없었다.

무엇보다 '천벌'을 막아낸 탓에 전신에 전류가 흐르고 있었다. 김민식도 꽤 큰 타격을 입은 게 분명했다.

"바람의 노래 길드는 모두 그를 원호하도록!"

"방패가 걷혔다! 지금이 기회다!"

하지만 인류는 이 '기회'를 놓치지 않았다.

유서희를 비롯한 모든 각성자들이 김민식을 도와 알 아락사르 소탕전에 나섰다.

알 아락사르와의 공방은 3일간이나 이어졌다.

결과적으로 도합 718명의 사상자를 내고, 알 아락사르를 구속하는 데 성공했다.

알 아락사르는 더 이상 재생하지 못했으며, 무엇보다 의식을 잃기 전 그가 남긴 말 때문에 죽이지 못하고 구속을 결정한 것이다.

"저주받은 뱀이 결국 '신들의 황혼'을 불렀구나. 지구의 마지막 '관리자'는 어디 있는가? 그만이 이 혼돈을 수습할 수 있을 것일진대."

"나는 알아락사르. 지구의 관리자를 수호하는 물의 기사. 깊은 어둠 속에서 내 정신은 깨어났으나 나는 이미 자격을 잃었도다……."

지구의 마지막 관리자?

관리자의 수호자?

무슨 말인지 알 수는 없지만, 그가 '열쇠'인 것만은 분명했다.

알 아락사르는 마력을 강제로 차단한 아주 깊은 지하에 가두었다. 그가 다시 정신을 차리면 그 '말들'의 의미를 알아보기 위함이었다.

그리고 심연에 거대한 변화가 생겼다. 처음으로 심연에서의 '목소리'가 지구로 흘러들어온 것이다.

-나는 우리엘 디아블로.

-신세계의 왕이 될 데몬로드이니라.

-모든 존재여, 내 앞에 무릎 꿇고 경배하라.

-너희들의 모든 희망은 나에게 있으니!

'이변'은 일어났다.

"우리엘 디아블로, 나는 곧 죽는다. 하나 지금 상태로는 완전하게 싸움에 집중할 수 없다."

파트리오, 그가 내게 이변을 몰고 왔다.

내가 던진 떡밥을 물고 그들의 '결행'을 내게 알린 것이다.

그가 나를 찾아왔다는 건 그들이 은밀히 행할 작전이 시행 단계 직전이라는 것이겠지.

"나는 싸우기 위해 만들어졌다. 과거의 기억은 필요 없어. 그러니 네가 말했던 '완벽해지는 방법'에 대해 말해라."

"너의 안에 있는 발록의 인자를 안정 수준으로 제거하면 된다."

발록의 인자!

파트리오는 수십, 수백 가지 강력한 괴물들의 집합체인 키메라다. 하지만 그중 발록의 인자가 모든 균형을 어그러뜨리고 있었다.

그리고 나는 그걸 어느 정도 제거할 방법을 가지고 있었다.

'폭식.'

내가 가진 폭식의 능력이라면 발록의 인자도 충분히 흡수할 수 있으리라.

문제는 그 권능이 우리엘 디아블로가 아니라 오한성에게 비롯되었다는 것이겠지만, 우리엘 디아블로와 오한성의 관계에 관해선 믿을 수 있는 자가 아니라면 내보일 수 없다.

그러니 담보가 필요하다.

"그게 가능하단 말이냐?"

"가능한 자를 알지."

"그럼 당장……."

"곧 죽는다는 게 무슨 의미지?"

파트리오가 나를 쳐다봤다. 무슨 눈빛인지 알 수 없지만 고민하는 기색이 역력했다. 하지만 시간의 싸움이다.

그가 나를 찾아왔다는 것 자체가 이미 반쯤 포기했다는 방증이었으므로.

"태양왕. 나는 그를 약화시키기 위해 죽는다."

"태양왕을?"

설마 태양왕을 직접 치려고?

'아니.'

그런 무모한 수를 사용할 리가 없었다. 태양왕을 정면에서 부정하는 행위를 그와 그의 수하들이 가만히 지켜볼 리 만무했으니.

하지만 분명히 '약화시킨다'고 말했다. 파트리오의 폭발력으로 말미암아 태양왕에게 제약할 가할 생각인가?

'성공한다손 쳐도 누구에게 태양왕의 죽음을 부탁할 거지?'

순간 떠오른 인영이 있었다. 라이라. 라이라 디아블로.

그녀가 태양왕을 죽이고 정당성을 얻기를 바랄 속셈일까.

하지만 리스크가 크다. 라이라가 그를 이긴다는 보장도 없었다. 내가 눈치채지 못한 게 더 있으리라. 그게 무엇인지 찾아내야 한다.

파트리오는 모를 가능성이 높았다. 그는 어디까지나 자폭 병기로 취급되었다. 병기에게 기밀을 누설하는 참모는 없다.

'오랜 시간 준비해 왔겠지. 한 치의 틈이 있어선 안 된다. 아무도 모르게, 점조직으로 운영하며 오로지 태양왕의 뒤를 칠 준비를 할 수 있는 자.'

파트리오의 역할은 태양왕의 약화. 약화된 태양왕을 확실히 부술 수 있는 보장이 있는 자가 연관되어 있을 것이다.

다른 사천왕은 아니다.

하지만 사천왕이었던 적이 있는 자라면 어떨까?

'둠.'

어쩌면 비약일지도 모른다. 그런데 아무리 생각해 봐도 그 밖에 없다.

아니…… 애당초 사자왕이 정말로 둠이고 사자왕의 죽음을 선보였다면, 그게 가능하도록 도운 자들이 있을 것이다.

이만큼이나 공들인 '자살'이다. 사자왕은 자신의 완벽한 죽음을 연기했다. 다른 사천왕들도 그의 죽음을 확인했다고 하였다.

모두의 눈을 피할 정도의 완벽함과 치밀함. 어쩐지 태양왕을 치려는 조직과 닮아 있지 않은가?

게다가 둠은 처음 태양왕과의 싸움을 열렬하게 환영하고 있었다. 도리어 기다렸다는 듯 그에게 일기토를 신청했을 정도다.

'이길 자신이 있었단 소리지.'

그래서 내가 훼방을 놓았다. 판을 뒤엎었다.

하지만 아직 달라진 건 없다.

결국 이 전쟁, 태양왕이 죽느냐 사느냐에 따라 달라진다. 안달톤 브뤼시엘은 사자왕을 자처했으나 등에 업은 세력이 없고, 나머지 둘은 전쟁에 적극적이지 않다.

태양왕이 죽으면 전쟁은 종결될 것이다.

둠이 태양왕을 죽여도 그는 태양왕이 될 수 없다. 하지만, 라이라를 내세우는 정도는 할 수 있을 터. 미리 각본을 정해두고 앞뒤를 맞춘다면 충분히…….

꿀꺽!

'미치겠군. 까딱했으면 눈 뜨고 당할 뻔했어.'

거기까지 생각이 미치자 소름이 돋았다.

둠. 어디까지 그림을 그리고 있었던 걸까?

라이라를 꼭두각시로 내세운다. 약속했던 '도움'은 내가 아니라 둠이 받을 것이다. 태양왕을 본격적으로 등에 업고, 위대한 별을 보다 쉽게 강탈하듯 가져가겠지.

내 생각이 맞는다면, 판을 엎기 전보다 위험하다. 둠의 세력이 내가 생각했던 것보다 훨씬 컸다. 어쩌면 이게 전부가 아닐지도 모른다는 생각에 머리가 뜨거워졌다.

'이대로 진행되는 건 막아야 해.'

그러나 어떻게?

나는 파트리오를 바라봤다.

아직 작전은 시작되지 않았다. 출발선을 정할 테이프가 파트리오였다. 내 입김이 닿으면 출발선을 뒤로 늘릴 수는 있을 것이다.

게다가······.

'둘이 아닌 내가 그를 이긴다면?'

태양왕을 둘이 아니라 내가 꺾는다.

최고의 시나리오다. 하지만 반대파와 둘이 있는 한 그것도 쉽지 않다.

하다못해 반대파를 표면으로 끄집어낼 수 있다면 좋을 텐데.

그들은 내게 파트리오를 보였지만, 그 외에 자신들의 정체를 전혀 밝히고 있지 않았다. 철저한 점조직으로 운영되고 있을 공산이 컸고, 쑤셔봤자 파리 몇 마리나 잡는 정도로 끝날 것이다.

'압도적으로 불리하군.'

답이 나오지 않았다.

애당초 결과가 정해져 있었다는 걸까?

아무리 고민해 봐도 나의 승리로 귀결되는 길이 보이지 않았다.

너무 안일했다.

조금 더 깊이 생각하고 행동했어야 하는 건데.

둘이 정말 반대파의 힘을 등에 업었다면, 내가 친 발버둥은 발악에 지나지 않았다는 뜻이다. 기껏해야 시간을 끈 정도에 불과하다.

빌어먹을.

'방법이 아예 없는 건 아니야.'

하지만 단 하나.

방법이 있긴 했다. 어쩌면 상당한 도박.

이제는 그 수에 걸 수밖에 없을 듯했다.

생각을 정리하고, 천천히 입을 열었다.

"파트리오, 내가 너를 완성시켜 주마. 그러기 위해 필요한 게 있다."

"뭐냐?"

"내게 죽어라! 그것만이 네가 완전해질 수 있는 길이니."

콰르르르르릉!

대지가 오열한다. 하늘에선 끝없이 재가 내렸다.

정신을 차렸을 때, 나는 태양왕의 앞에 있었다.

"……무슨 짓이지?"

태양왕의 표정은 더할 나위 없이 굳어 있었다.

거의 감정 변화가 없는 그에게 있어선 극적이라 할 수 있을 수준의 변화.

파트리오의 자폭으로부터 그를 구했다. 어차피 죽지 않을 거란 건 알았지만, 치명적인 부상 한두 개 정도는 입었을 것이다.

그것을 내가 대신 입었다.

제기랄. 현기증이 난다.

"내게 빚을 지울 셈이냐?"

"그것도 나쁘지 않지."

갑작스러운 공격이었다. 파트리오는 본래 태양왕을 측근에서 지키던 괴물. 갑자기 공격하며 불현듯 자폭할 줄은 누구도 몰랐으리라.

나는 파트리오의 가슴에 검을 꽂았다. 파트리오는 이미 고기 반죽이 되어 있었다. 파트리오가 자폭하며 태양왕의 진영이 날아갔고, 그 여파로 셀 수 없이 많은 괴물이 죽었다.

모두 태양왕의 측근들이었다.

그의 팔과 다리를 절단한 셈.

"네가 죽기를 바라는 자가 많더군."

"왕은 자신의 자리를 나누지 않는다. 왕좌는 오로지 하나뿐이기에. 또한 자격 없는 도적 무리가 왕이 될 수는 없다."

누구를 겨냥한 말일까?

나, 아니면 그의 뒤를 치는 자들?

어쩌면 양쪽 모두에게 하는 말일 수도 있었다.

오만처럼 보일 정도로 거만하다.

곧 마력의 폭풍이 지나가면 먼지가 걷히고, 그와 나의 모습이 주변에 드러날 것이다. 그전에 승부를 봐야 했다.

태양왕이 미간을 구겼다.

"하지만 너는 적어도 자신의 '자격'을 보였다. 썩 기분이 좋진 않다만, 인정해 주마. 너의 그 박쥐 같은 전술은 나조차도 놀랍게 만들었다."

나름대로 열심히 머리를 굴린 결과지만, 남이 보면 그렇게 보일 수도 있겠다.

하지만 나는 처음부터 누구의 편도 아니었다. 그들의 파멸을 위해 최선을 다했을 뿐.

"그래서 우리엘 디아블로여, 무엇을 할 셈이지?"

"태양왕, 지금부터 나는 너를 뛰어넘을 생각이다."

"뛰어넘는다고? 그 몸으로 말이냐?"

태양왕이 피식 웃었다.

파트리오가 자폭한 여파를 나도 받았다. 태양왕이 입었어야 할 데미지를 거의 내가 입었다. 싸워봤자 결과는 불 보듯 뻔하다.

하지만, 지금 뛰어넘지 못하면 영원히 뛰어넘지 못한다.

우리엘 디아블로와 태양왕. 둘이 정말로 '미래 선택'이 가능했다면…….

"누가 선택한 미래가 더 강한지 겨뤄보도록 하지."

나는 매우 진지했다.

태양왕이 우리엘을 굳이 살려왔던 이유. 단순히 '보는 것'만이 가능했던 우리엘은 피가 이어져 있기 때문에 살리진 않았을 것이다.

쓸모가 있으니 살려뒀을 가능성이 높다. 그리고 나는 그 쓸모의 쓰임새가 '미래 선택'이라고 보았다.

수많은 가능성, 그중 하나를 선택하여 수많은 결과를 바꿔 버리는 힘!

그것을 한 번 더 할 수 있다면 어떨까.

'압도적으로 불리한 이 전쟁을 승리로 일궈낼 수 있을 터.'

그만큼 강력한 권능이었다.

만능은 아니지만, 분명히 한계를 넓힐 수 있는 기회를 줬다.

나는 태양왕을 똑바로 쳐다봤다.

'태양왕은 처음부터 나를 눈독 들이고 있었다.'

감정을 읽을 수 없다.

하지만 그 눈빛은 분명히 탐욕과 닮았다.

내가 굳이 몸을 던져 가며 태양왕을 구한 이유?

구한 게 아니다.

오로지 이 순간만이 그와 내가 1:1로 대면할 수 있는 유일한 기회였기 때문에 뛰어든 것이다. 게다가 상처를 입은 건, 부족한 힘을 다른 것으로 채우기 위함이었다.

그리고 그 순간, 태양왕이 미소를 지었다.

처음으로 보인 소름 돋을 정도의 환한 미소였다.

"내 의도를 알고 있었느냐? 그러면서 제 발로 들어왔다?"

"역시, 그 자신감의 근거는 '미래 선택'이었군."

태양왕은 불리했다. 그도 알고 있었을 것이다. 그런데도 자신감이 넘쳤다. 자신감의 원인을 아무리 찾아봐도 알 수가 없었는데, 설마 나에게 있었을 줄이야.

태양왕과 접한 건 어디까지나 오한성일 뿐, 우리엘 디아블로가 아니었다. 태양왕은 나의 말을 들어주는 척하면서 우리엘 디아블로가 접근하길 기다리고 있었던 것이다.

"그렇다. 너를 취하면 나는 다시 한번 '미래 선택'을 할 수 있게 되지. 내 반대파뿐만이 아니라 최강의 왕으로 거듭날 수 있는 기회다."

"하지만 이해가 안 되는군. 그러면 어째서 둠과의 일대일 대결을 받아들인 거지?"

"몰라서 묻느냐? 이길 자신이 있어서이지 않겠느냐."

이건 조금 의외였다.

정말 이길 자신이 있었다고?

"그리고 상처 입은 먹이가 제 발로 걸어 들어왔다. 나에겐 둘도 없는 기회로군. 역시 살려두길 잘했어."

우리엘 디아블로와 태양왕. 둘에게도 운명의 선이 있었다.

흰색. 아무런 색깔도 없는 이런 선은 여태껏 본 적이 없다.

하지만 이게 바로 증거이리라. 무엇이든 될 수 있다는, 미래 선택의 증거 말이다.

이 선은 평소에 볼 수만 있다. 하지만 내가 극한의 상태에 몰렸을 때, 더욱 깊숙한 운명의 침투가 가능해진다.

'선을 잘라 내거나, 붙일 수 있지.'

운명의 선을 자르고 붙이면 두 대상이 서로 느끼는 감정에 약간의 변화가 생긴다. 나는 파트리오가 가진 운명의 선을 내게 붙였고, 반대의 선들을 모조리 잘라냈었다.

그 결과 파트리오는 더욱 혼란스러워하며 내게 의지하게 되었다.

그리고 지금, 나는 태양왕이 가진 운명의 선을 흡수하려고 하는 중이었다. 그의 운명을 내가 통째로 집어삼킬 계획이다.

손을 뻗어 그 선을 잡아당겼다.

"호오. '운명의 눈'까지 가지게 되었느냐? 더욱 탐이 나는구나. 하지만 내가 가진 '시간의 눈'을 이길 순 없다."

그 역시 나에게 연결되어 있었던 무언가의 '선'을 잡아당겼다.

젠장! 설마 그를 너무 얕본 걸까?

둠에게도 숨겨둔 패가 있었듯, 태양왕도 숨겨둔 패가 있었다. 나를 먹고 다시금 미래를 선택해 이 전쟁을 온전한 자신의 승리로 만들 셈이었다.

실로 악질인 악당들이었다. 그것도 스케일이 다르다. 모두가 오로지 승리를 위해 무슨 짓이든 하고 있었다.

핑그르르.

시간이 돈다. 내 몸이 순식간에 약화되어 가고 있었다. 운명의 선을 잡아당겨 보아도 태양왕이 가진 운명은 실로 탄탄했다. 영혼의 격이라고 해야 할까?

'이대로는 먹힌다.'

도박이, 실패했다.

태양왕이 가진 '시간의 눈'이라는 게 그의 마지막 보루였다. 상대의 시간을 빠르게 앞당겨 죽음을 재촉하는.

멍청한 놈!

조금 더 신중했어야 하는데.

반대파가 움직이고, 둠이 실세라는 걸 알게 되자 마음이 급해졌다.

내가 짜둔 판이 처음부터 소용없는 것이었다는 생각에 자충수를 둔 것이다.

사자의 입에 머리를 들이민 양과 다를 게 없다.

"내게 먹혀라. 내 승리의 원동력이 되어라. 너는 그러기 위해 존재해 왔으니!"

태양왕이 자신의 승리를 확신했다.

쫘아아악.

그 순간이었다.

내가 잡아당긴 '운명의 선'을 찢어발기며 누군가가 나타났다.

"재밌는 짓거리를 하는구나, 나의 당신이여."

요르문간드.

그녀가 방긋 웃음을 지었다.

마력의 태풍이 걷혔다.

그 속에서 오롯이 한 존재가 튀어나왔다.

우리엘 디아블로.

그는 나타난 즉시, 입을 열었다.

그에게 부여된 '용언'의 권능이 심연 전체에 퍼져 나갔다.

-나는 우리엘 디아블로.

-신세계의 왕이 될 데몬로드이니라.

-모든 존재여, 내 앞에 무릎 꿇고 경배하라.

-너희들의 모든 희망은 나에게 있으니!

둠은 여유로웠다.

그는 평정심을 잃은 '척'을 했을 뿐이다.

내게, 모두에게 보내는 소름 돋는 연기.

파트리오가 가져다준 퍼즐로 마지막 그림을 완성한 뒤 나는 좌절할 수밖에 없었다.

시작은…… 나로부터였다.

'과거에는 없었던 일.'

흔히 말하는 나비효과가 심연에까지 들이닥쳤다. 내가 일으킨 작은 바람이 지금의 거대한 전쟁을 일으키고 있었다.

나찰산.

그곳에 내가 들어간 흔적 탓에 암흑인들이 '침략'을 시작했다.

암흑인들로 말미암아 화천이 심연으로 향하게 되었고, 그곳에서 둠을 만났을 것이다.

둠.

그는 신성을 위해 균열석을 나찰산에 흘렸다.

이후 화천으로 인해 나찰각에 소환되었으며, 그곳에서 또다시 '나'라는 변수에 의해 목적을 달성하지 못했다.

강제적인 역소환…….

사자왕이 둠을 잡아먹는 계기가 되었을 테지.

'정말 별거 아닌, 작은 것 하나가 일으킨 천재지변.'

미래가 바뀌었다.

둠이 사자왕에게 먹히면서 이 전쟁이 발발되었다.

어쩌면 둠이 나찰각에 균열석을 흘린 것도, 사자왕의 위험을 눈치채고 있었기 때문일지도 모르겠다.

그리고 사자왕은 태양왕을 죽이고, 그의 영향력마저 손에 넣으려고 한다.

모든 것은 내가 나찰산에 들어간 그 하나 때문에 시작되었다.

내가 할 수 있는 일은 시간의 지연이 전부였다.

나는 그가 그리는 큰 그림의 일면밖에 보지 못했다. 그도 그럴 게, 내가 신경 쓰고 있었던 건 둠이지 사자왕이 아니었으니까.

'내가 지면? 아무것도 얻지 못한다면?'

과정과 결과를 상상했다. 둠의 정체를 알고 난 지금은 더욱 승리가 간절해졌다.

판을 새로 짠 것에 만족했으나, 아서라. 그것만으로는 부족하다는 걸 알았다.

내가 아무것도 이루지 못하고 패배한다면…… 모든 게 끝날 것이다.

니드호그가 태양왕의 불멸을 먹고 돌아간 뒤, 둠은 가장 먼저 '나'를 숙청할 것이었다.

나는 태양왕의 영향력을 얻는 데 불필요한 방해물이다. 내가 없어야 라이라를 마음대로 부릴 수 있다. 어쩌면 나의 목숨으로 라이라와 '거래'를 할지도 모른다.

'내가 가장 먼저 죽는다……'

그다음은?

데몬로드들과의 싸움에서 승리하고, 위대한 별을 얻을 자격을 얻으리라.

그리고 그 자격을 얻는다는 건 지구의 모든 각성자들이 죽는다는 걸 의미했다.

최후의 격전지, 지구.

그들은 인간이 죽는 데 아무런 거리낌도 없겠으나, 나는 최후의 격전지가 지구가 되는 것을 막을 생각이었다.

하지만 이대로 흘러간다면 결국 둠의 승리로 귀결될 것이다.

월천을 각성시키며 데몬로드 중에서도 상위급 정도의 힘을 얻기는 했으나, 둠이 가진 힘과 세력은 그 이상이었다.

'아무것도 할 수 없는가?'

이만한 간절함은 오랜만이다.

태양왕에게 둠의 진위와 계획을 알리는 것도 생각해 보았다.

하지만 안 알리느니만 못하다는 결론을 내렸다.

정보의 출처와, 무엇보다 그는 나를 신용하지 않는다. 아니, 태양왕은 누구도 신용하지 않았다.

게다가 태양왕은 내가 '미래 선택'을 했다는 걸 알고 있었을 것이다. 경계를 하면 했지 가까이 두진 않으려 할 텐데.

'태양왕이 정말 아무것도 모를까?'

우리엘 디아블로는 '아니'라고 답한다.

태양왕. 그 잔학하고 완고한 자가 그저 당하고만 있을 리 없다고.

그러면 그가 '믿는 것'은 무엇일까?

곰곰이 생각해 봤다. 그걸 알면 조금 더 넓게 보는 게 가능해질 것이다.

애당초 아무것도 믿지 않는 태양왕이 둠=사자왕 이라는 말을 믿고 내 계획에 동참했을까?

동참하는 '척'을 하며 무언가를 알아본 게 아닐까.

'확인을 해봐야겠군.'

나는 돌을 던졌다. 잔잔한 호숫가가 파문을 일으키며 무엇을 가리킬지가 궁금했다.

라이라 디아블로. 그녀를 태양왕과 직접 마주하도록 만든 것이다.

그러면 반대파와 태양왕 모두의 반응을 알 수 있으리란 판단 때문이었다.

"로드시여, 태양왕은 로드와의 직접 대면을 바라고 있습니다. 다소 의아한 건…… 그의 태도입니다. 그에게서 로드에 대한 '집착'을 느꼈습니다."

"집착이라. 우리가 제안한 건 동맹이었을 텐데."

"예, 단순한 협력자가 아닌, 진정한 동맹으로 거듭나자 말을 꺼내자, 그는 잠시의 고민도 없이 고개를 끄덕이더군요. '자격은 확인했다'라면서 말입니다."

태양왕은 오한성을 보았을 때 '자격을 보이라'고 운운한 적이 있었다. 그리고 나는 태양왕이 그다지 좋아하지 않을 법한 일들을 몇 가지 벌였다.

그런데 자격을 확인했다, 동맹을 받아들인다?

라이라가 말한 집착이란 단어가 귀에 거슬린다.

'팔콘마저 내쳤다. 어쩌면 그는 팔콘도 의심하고 있다는 거겠지.'

태양왕은 반대파의 존재를 알고 있다. 팔콘을 내친 건 비슷한 맥락이었을 터다.

아무도 믿지 못해서.

그런데 나를 믿고 동맹을 맺는다는 건 어불성설. 말도 안 된다.

'그는 내게 바라는 것이 있다.'

뭘까?

내가 가진 신성?

하지만 아무도 그 존재를 모른다. 둠과 다른 사천왕들도 모르는 걸 태양왕만 안다는 건 이상하다.

직접 대면.

오한성도, 라이라도 아닌 우리엘 디아블로만이 가진 무언가를 그는 바라고 있었다.

그리고 우리엘만이 가진 거라면…….

'보는 것과 미래 선택이란 권능.'

태양왕이 아는 건 그 두 가지였다.

나는 그와 이어진 '운명의 선'을 바라봤다.

흰색.

처음 보는 색깔이었고, 의문을 가지던 찰나 머리를 스치고 지나간 한 가지 묘안이 있었다.

'미래 선택을 한 번 더 할 수 있다면.'

태양왕의 모든 태도가 이해된다. 그러기 위해서 나와 '직접' 마주할 필요가 있으며, 동맹이란 단어로 유혹을 해온 것이다.

그럼 반대로…… 내가 그를 먹을 수는 없는 걸까.

'할 수만 있다면, 절망적인 미래를 조금이나마 우회시킬 수 있다.'

아예 바꾸는 건 불가능하다. 미래선택이 그토록 완벽했다면 우리엘도 오한성이란 불분명한 가능성을 택하지 않았을 것이다.

나는 즉시 나만의 그림을 그렸다. 파트리오와 운명의 선, 그로 말미암아 미래를 찬탈할 계획을!

"재밌는 짓거리를 하는구나, 나의 당신이여."

하지만 나는 태양왕을 너무 간과한 모양이었다. '둠'에 가려져 태양왕이 무력한 왕인 줄 착각하고 있었다. 그 역시 사천왕이고, 그 역시 온갖 역경을 뚫고 나온 왕일진대.

성공한다면, 이보다 나은 수는 없었다.

하지만 나조차도 가능성의 범주에 넣지 못한 게 있었다.

요르문간드. 그녀가 선을 찢어발기고 튀어나온 것이다.

"넌…… 누구지? 어떻게 내 '시간의 영역'에 들어온 게냐?"

태양왕이 이맛살을 구겼다.

그와 나의 권능이 부딪히며 이 주변 공간은 절대 불가침의 영역이 되었다.

오로지 내 운명과 그의 시간이 부딪히는 전장.

"짐은 요르문간드. 한때 세계를 삼켰던 뱀이니라."

"요르문간드? '진짜'인가?"

균열은 모든 신화를 재생시켰다.

하지만 이야기대로 흘러가진 않았다. 진짜의 이름을 사칭하는 가짜가 판을 쳤고, '격'조차 되지 않는 존재들이 세계에 횡

횡했다.

그러나 그녀는 진짜였다. 어쩌면 가짜였을지도 모르지만, 나로 인해 '진짜'가 되었다.

"세계란 과거와 현재, 미래를 뜻하지. 탈피한 지금, 짐은 누구도 뭐라 할 수 없는 진짜가 되었다. 이와 같은 무(無)의 공간에서 짐은 절대적이지."

그녀가 한없이 매혹적인 미소를 흩뿌렸다.

그러곤 천천히 내 뺨을 쓸었다.

"짐의 반쪽이 되겠다는 건 바로 그러한 것이니라. 과거와 현재, 미래까지 온전히 짐에게 귀속되어야 한다는 것. 혹여, 겁나느냐?"

자신감이 흘러넘쳤다.

본신의 힘을 어느 정도 찾아서일 것이다.

원래부터가 제멋대로인 요르문간드였지만, 설마 모든 걸 바치라니. 반의 장난과 진담이 섞여 있음을 깨달았다.

"굳이 대답해야 하나?"

"아니, 대답할 필요 없다. 신성의 방향으로 보건대 그대와 나의 뜻이 일치한다는 걸 깨달았으니 말이다. 어쩜 이리도 사랑스러울 수 있을까!"

귀여워 죽겠다는 눈빛으로 나를 바라본다. 하지만 그 눈빛은 자신의 반쪽이 아니라, 흡사 애완동물을 바라보는 것만 같은 것이었다.

그리고 천천히 그녀가 태양왕을 바라봤다.

"우리는 이미 '같은 운명'으로 묶였다. 짐의 반려는 짐과 함께 세계를 삼킬 것이다. 네놈은…… 보아하니 짐과 짐의 반려의 길을 막으려고 하는구나."

태양왕은 빠드득 이를 갈았다.

태양왕도 상황이 역전되었다는 걸 알고 있겠지.

난데없이 침입한 침입자.

하지만 그 '격'이 달랐다.

신화가 사실이라면 눈앞의 요르문간드는, 저 태초의 뱀과 마찬가지로 태초의 존재인 것이다.

"나의 반려여. 니드호그, 저 저주받은 뱀과 짐은 궤가 다르다. 당장은 짐이 어찌할 수 없으나 그대의 신성이 강해지면, 어쩌면."

설마 생각을 읽은 건가?

내 물음에 답하듯 요르문간드가 말했다.

"우리의 결속은 전보다 강해졌노라. 그렇기에 그대가 '운명의 선'을 당겼을 때 짐이 이쪽으로 올 수 있었던 것이지. 탈피한 지 얼마 안 되어 많은 힘은 쓸 수 없으나."

방긋 웃은 그녀가 '변신'했다.

커지고, 커지고, 더욱 커지며, 무의 공간을 깨부순 그녀가 심연의 하늘까지 올라 니드호그의 몸 한 부분을 물어뜯었다.

크아아아아아아아아아아아!

니드호그의 배가 뜯겼다. 니드호그가 비명을 내질렀고, 순간 거대한 저주의 덩어리가 요르문간드의 입에 물렸다.

그 '저주'를 요르문간드가 태양왕의 위에 쏟아부었다.

-다른 힘을 대신해 사용할 순 있지.

"끄아아아아악!"

-선을 당겨라, 짐의 반쪽이여.

"멈춰라! 네노오오옴!"

태초의 저주를 뒤집어쓴 태양왕이 비명을 내질렀다.

나는 고개를 끄덕였다.

그리고……

태양왕이 가진 '선'을 잡아당겼다.

수많은 미래. 수많은 절망.

그중 하나를 보았다.

미래 선택이란 '가능성'의 하나를 아예 바꿔 버리는 것이었다.

나는 가능성을 바꿨다. 그 가능성이란 바로.

'내가 태양왕이 될 가능성.'

본래라면 불가능했을 것이나, 나는 선택했다.

곧이어……

푸욱!

태양왕의 심장이 나의 검에 꿰뚫렸다.

모든 공간이 걷히고, 다시금 '현재'로 돌아왔다.

나는 모두에게 천명했다.

나, 우리엘 디아블로가 세계를 다시 건설할 진정한 왕임을!

주변을 둘러봤다.

요르문간드의 모습은 온데간데없었다.

영겁의 공간 속에서 그녀는 내게 도움을 줬으나, 그녀의 본체는 아직 이곳에 당도하지 못한 것이다.

"어, 어떻게 네놈이……"

태양왕의 얼굴이 당혹감으로 물들었다.

그의 불멸이 꺼졌다. 그가 내 손에 죽었다. 니드호그가 아닌, 온전한 나의 손에 의해.

"하나 날 죽여도 변하는 건 없다. 고작 가능성의 하나. 네놈 앞에 열린 길은 무한한 불가능이 기다리는 지옥일 터……!"

스르르륵.

그는 재가 되지 않았다. 숨을 거뒀으나, 니드호그가 불멸을 거둔 게 아니다. 그것이 의미하는 바는 무척이나 컸다.

비로소 우리엘 디아블로는 불멸자를 죽일 수 있는 자가 된 것이다.

모든 사천왕의 눈이 내게 닿았다.

끼아아아아악!

신조 람이 내 주변을 돌았다.

"나는 주장하겠다. 왕위를 찬탈했노라고."

태양왕의 자리, 내가 먹어주마.

요르문간드는 나의 '운명'에 간섭했고, 그로 인해 나는 태양왕과의 싸움에서 승리할 수 있었다.

미래 선택, 서로의 권능을 잡아먹고자 벌인 전쟁 아닌 전쟁 말이다.

나는 그의 권능을 포식했고, 동시에 수많은 미래의 가능성을 엿보게 되었다.

하지만 우리엘처럼 100년간 잠들어 있으며 모든 가능성을 점칠 시간 따윈 없었다.

나는 당장 이 전쟁에서 '이길 수 있는 법'을 강구해야 했고, 그래서 단 한 가지를 바꿨다.

우리엘은 미래 선택으로 말미암아 오한성을 찾아내고, 내가 그의 몸에 깃들게 만들었다. 그게 가능하다면 반대도 가능할 것이다.

'태양왕의 육체와 내 육체를 동기화시킨다.'

파트리오의 자폭을 막아서며 내 육체는 엉망진창이 됐다.

태양왕도 나와 같은 상태로 만들어버린 것이다.

왜인지 우리엘의 경우처럼 태양왕에게 '침입'하는 건 안 됐지만, '미래 선택'으로 나는 그와 나의 운명을 엮어버렸다.

태양왕의 상태가 순식간에 일변했다.

"미래 선택을……! 쿨럭!"

그가 피를 토해냈다.

동시에 깨달았다.

불멸이 사라졌노라고.

애당초 우리엘도 불멸 따윈 갖고 있지 않다. 그런 우리엘과 동화되었으니, 그 역시 불멸을 가지고 있을 리 없다.

"미래 선택으로 '운명의 선'을 엮어버린 것이냐? 어리석긴! 그래 봤자…… 나를 죽이면 너 또한 죽는 게 아니냐?"

"너에게 말해주지 않은 게 있었지."

그의 말이 맞다. 태양왕을 죽이면 나도 죽는다.

하지만 그가 모르는 사실이 있었다.

"나는 하나이며 둘이다."

나는 두 개의 운명을 지니고 있었다. 태양왕에 비해 질은 부족할지 몰라도 양은 두 배가 많았다. 타격이 없진 않겠으나 죽진 않는다.

이게 내가 선택한 최후의 가능성.

"설마!"

태양왕의 눈이 커졌다.

"넌 우리엘 디아블로가 아니구나……!"

눈치챈 것이다. 내가 그에게 보냈던 전령, 오한성이 바로 나임을 말이다.

그는 굳이 우리엘과 직접 대면을 고집할 필요가 없었다. 이미 오한성을 만났으니.

그때 그가 나를 포식하려 들었다면, 나는 손쓸 틈도 없었을 것이다.

하지만 그는 몰랐다. 알아챈 게 너무 늦었다.

그래서 죽는다.

"이제 그만 끝내도록 하지."

만신창이가 된 나와 태양왕.

누가 더 질긴 생명력을 갖고 있는지, 승부였다.

둠. 그가 심연으로 가득 찬 눈빛을 태양왕과 우리엘 디아블로에게 보냈다.

태양왕이 우리엘 디아블로의 검을 맞고 쓰러진 순간, 그의 불멸이 사라졌다.

있을 수 없는 일이다. 니드호그라는 초강수를 써가면서까지 사천왕을 죽이려고 했다. 그런데 우리엘 디아블로, 놈이 홀로 그 불멸을 꺼뜨렸다.

어떻게?

빠드득!

'추의 중심이 기울었다.'

태양왕을 죽이는 건 자신이 되어야 했다. 그래야만 모든 게 순리대로 흘러가게 되어 있었다. 처음부터 계획을 짰을 때, 우리엘 디아블로는 안중에도 없었다.

그런데. 그럴진대!

'무슨 마법을 부린 것이냐. 아니면 그것이 너의 권능인가?'

불멸을 꺼뜨리는 게 우리엘 디아블로의 권능이라고?

그렇다면 사천왕의 천적이다. 사천왕은 모두 겁이 많아서, 데몬로드들이 불멸을 없앨 방법을 안 순간 처리해 버리려고 했을 정도다.

"나는 주장하겠다. 왕위를 찬탈했노라고."

우리엘 디아블로가 말했다.

왕위의 찬탈.

태양왕의 자리를 넘보겠다는 뜻이다.

하물며, 정당성도 있었다.

끼아아아악!

신조 람!

신조가 울부짖으며 더욱 활활 타올랐다. 왕의 탄생을 신조 람이 허락한 것이다. 태양왕을 상징하는 가장 오래된 새가.

하물며 현재 즉위한 태양왕은 모두를 죽이고 그 자리를 찬탈했다. 마찬가지로, 우리엘 디아블로 역시 그를 죽이며 왕위의 찬탈을 천명했다.

"우리엘 디아블로……!"

계획을 망쳤다. 그림이, 찢어졌다.

처음부터 우리엘 따윈 안중에도 없었다.

최약체의 데몬로드. 세력조차 일구지 못한, 홀로 존재하는 중립의 데몬로드가 무얼 하겠는가?

멸제의 카르페디엠을 죽이고, 간혹 이상한 결과들을 귀로 듣긴 했으나, 그래 봤자 한계가 있다고 여겼다.

그런데 지금, 그는 한계를 깼다.

아니, 어쩌면 처음부터 깨고 있었을지도.

'인정한다. 내가 너를 너무 얕봤다.'

하지만 둠은 자신의 실수를 인정했다.

모든 가능성과 변수를 넣지 않은 자신의 잘못이었다. 그리고 잘못을 했다면, 바로잡으면 그만이다.

그에게는 그럴 힘과 영향력이 있었다.

"우리엘 디아블로가 태양왕의 자리에 정상적으로 올라서게 할 수는 없다. 라이라, 라이라 디아블로를 잡아 와라. 또한 안달톤 브뤼시엘, 그를 죽이도록 하지."

이미 안달톤 브뤼시엘이 사자왕의 자리에 올라 버렸다. 그 또한 변수이긴 했으나, 어차피 이번 전쟁만 승리하면 그만이라고 여기고 신경을 껐다.

애당초 당장 안달톤은 혼자였으니까.

하지만 데몬로드 중 둘이나 사천왕이 되어버리면 문제가 많다. 파벌 구도에 지대한 영향이 생길 것이 자명했다.

그전에 막아야 한다. 최소한 둘 중 하나라도 죽이거나 방해해야 한다.

"판을 깨겠다는 말씀입니까?"

산하의 데몬로드 하나가 말했다. 일일이 설명을 해줘야 이해하는 어리석은 놈. 둠은 작게 웃어 보였다.

"우리가 언제부터 판을 지키며 전쟁을 해왔지? 이곳은 심연이다."

잠시 그런 '척'을 해줬을 뿐이다.

여유가 있었기 때문이다.

하지만 이젠…… 천하의 둠조차도 여유가 없다.

이제부터가 진짜다. 살얼음판의 시작이었다.

내가 태양왕의 자리에 즉위하며 생길 변수들. 그것을 최대한 읽어내야 한다.

그리고 내 편이 되어줄 자와 적이 될 자들을 보다 확실하게 나눠야 했다.

"제1군단장과 5군단장을 제외하면 전부 동의하는 모양이군."

태양왕 산하의 군단은 총 7개다. 7개의 군단을 맡은 군단장 중 무려 다섯 명이 고개를 끄덕이며 납득했다. 나머지 둘, 1군단과 5군단을 제외하면 말이다.

'대놓고 반대하는 쪽이 오히려 신용이 가지.'

그래서 나는 이 둘은 제외시켰다. 반대파, 둠과 붙어 배후를 조종하는 자들 중에 저 둘은 아닐 거라고.

반대파의 정체와 규모를 빠르게 파악해야 한다.

그래야만 내가, 라이라가 안전하다.

"나는 태양왕을 죽였으나 그의 피를 이었으며, 신조 람의 인증을 받았다. 왕의 적격자로 더 이상 가는 조건은 없을 것이다."

지금부터 내가 하는 한 마디, 한 마디가 중요하다.

새로이 즉위한 왕. 지금이 가장 강한 '말의 힘'을 가지고 있을 때였으므로.

"또한 나의 휘하에 있는 라이라 디아블로는 전대 태양왕의 피를 이었다. 나는 라이라를 나의 정통한 대리자로 임명할 것이다."

대리자. 나와 같은 힘을 지닌 존재로 인정한 것이다. 공식 석상에서 발언한 이야기니 이제 라이라는 나와, 태양왕과 비슷한 대우로 취급된다.

라이라를 공격한다는 건 태양왕을 공격한 것과 같다.

"왕의 대리자라니?"

"힘을 반으로 나누겠다?"

"미쳤군."

모두가 경악했다. 그럴 만도 했다. 심연은 힘의 논리로 돌아가는 곳이다. 아무리 피를 이었대도 서로의 등을 찌르는 일은 파다했다. 당장 태양왕의 경우만 봐도 그렇다.

그런데 힘을 양분한다?

다시금 '반란'이 대두돼도 할 말이 없다.

하지만 나는 라이라를 믿는다. 그녀가 결코 배신할 리 없었다. 이곳 심연에서 피어난 유일한 꽃이 그녀였으니.

아직 끝이 아니다.

"그리고."

모두의 주목을 모았다.

이제 결정타를 날릴 때였다.

"안달톤 브뤼시엘, 새롭게 사자왕으로 등극한 그는 나의 맹우다. 나는 그와의 연대를 제안한다."

힘없는 자들끼리 뭉쳐야지 살 수 있다.

게다가…….

나는 저 너머에 있는, 둠을 쳐다봤다.

둠. 네가 뭘 할지는 뻔하다.

부르르르르!

수가 막혔다.

시작하기도 전에.

주먹을 쥔 둠의 전신이 파르르 떨렸다.

라이라를 납치해 금단의 술로 세뇌를 시켜 태양왕을, 우리엘 디아블로를 저격하려고 했다.

동시에 힘없는 안달톤 브뤼시엘을 죽이며 구도를 새로 만들려고 하였다.

안달톤. 놈이 이 전쟁에서 벗어나 돌아가면 힘을 얻는다. 물론 그만한 시련을 겪어야겠지만 귀찮아질 여지가 있었다.

그런데…….

'나보다 몇 수 앞을 내다본다는 것이냐?'

마치 자신의 생각을 읽고 있는 것 같지 않은가.

있을 수 없는 일이다. 온전히 둠, 그만을 의식하고 있는 것 같았다.

왜?

동시에, 만에 하나지만.

'내 정체를 알고 있다…….'

그럴 가능성도 이제 배제할 수 없었다.

지금은 둠의 껍질을 뒤집어썼으나, 그는 사자왕이었다. 힘이 약해진 둠을 잡아먹고 그의 껍데기를 뒤집어썼다.

그 사실은 온전히 자신만이 알고 있었다.

누구도 알 리가 없다. 알 수 있을 리 없었다.

하지만 우리엘 디아블로, 그는 알고 있는 것 같았다.

어떻게?

'안달톤 브뤼시엘과 연대를 제안하며 판이 넘어갔다. 다른 사천왕들도 이제 태양왕을 건들기 껄끄러울 것이다.'

애당초 데몬로드 진영에 있던 우리엘이 사천왕이 됐다. 사자왕의 경우와는 완전히 달랐다. 우리엘은 혼자의 힘으로 그 자리에 즉위한 것이다.

게다가 불멸을 꺼뜨렸다. 그들로선 우리엘 디아블로가 꺼림칙한 존재 그 자체였다.

라이라 디아블로도, 안달톤 브뤼시엘도 이젠 손댈 수가 없다.

빠드득!

'전쟁을······.'

오랜 시간 모든 걸 준비하며 오로지 이번 전쟁에 매진하고자 했다.

하지만 모든 수가 막혔다.

발악하면 입지만 좁아진다. 뒤를 기약할 수가 없다.

'전쟁을······ 끝내야겠군.'

하지만 아직, 아직 끝난 게 아니다.

둠과 반대파는 아직도 힘을 지니고 있었다. 우리엘 디아블로, 놈이 방심했을 때 그 뒤를 치기엔 충분하다.

그러려면 다음 기회를 노려야 할 듯싶었다.

마침 니드호그도 배가 불렀는지 조금씩 사라지고 있지 않나.

'니드호그의 배에 저런 상처가 있었던가?'

그러다가 한 부분에 시선이 쏠렸다. 니드호그. 저주의 덩어리인 니드호그의 배에 작은 구멍이 나 있었다.

이질적이다. 작은 구멍 속에서 쉴 새 없이 저주가 새어 나와 주변에 흩뿌려지고 있었다. 배가 불러서가 아니라, 그 상처가 신경 쓰여 모습을 감추는 듯한 인상이다.

이제는 하나부터 열까지 그의 손을 벗어나 버렸다.

'오냐. 이번에는 내가 졌다. 하지만, 이걸로 끝났다고 생각하지 마라.'

방심해라. 승리를 만끽해라.

모든 게 끝났을 때, 오롯이 서 있는 자는 나일 테니!

태양왕이 교체되고, 열다섯의 데몬로드가 죽었다.

본래 72명이었어야 할 데몬로드가 이제는 56명뿐이 남지 않은 상황.

파벌 구도에 지각변동이 생겼다.

게다가 지옥왕과 천왕은 '불가침'을 선언했다. 자신들을 자극하지 않으면 더 이상 그들의 싸움에 개입하지 않겠다는 뜻을 내비친 것이다.

이는 '물주'가 사라졌음을 뜻했다.

본래 데몬로드들에게 괴물을 퍼주고 힘을 키워준 게 그들이었으니.

'경매'의 중요성이 더욱 부각된 순간이었다.

아직 둘이 남긴 했지만, 태양왕과 사자왕은 이제 막 즉위한 풋내기다.

그 둘이 온전하게 자신의 힘을 행사할 수 있을 리가 만무했다. 시간이 걸리고, 그 과정 중에 죽을 수도 있는 노릇.

전쟁이 끝났지만, '데몬로드만의 전쟁'이 시작됐다.

모두의 뇌리에 떠오른 말이다.
최후를 향하는 전쟁의 서막이 열렸노라고.
이것만은 둠의 말대로 되었다.

왕이 되고 내가 가장 먼저 향한 곳은, 나의 영지다.
나의 던전, 나의 세계수가 있는 그곳에.
오룡은 좋아했다. 그러나 야차와 나찰들이 경계하듯 우리 엘 디아블로의 신체로 있는 나를 바라보고 있었다.
나는 아랑곳하지 않고 세계수로 다가갔다.
그리고……
그녀를 묻었다.
"로드시여, 이분은……?"

라이라가 물었다. 나는 굳이 그녀를 따라오게 만들었다. 그녀에게도 알 권리가 있다고 생각한 것이다.

"엘레나."

천천히 입이 열리고, 엘레나를 바라보는 나는 고개를 내저을 수밖에 없었다.

그녀의 창백한 인상과 아직도 푸르른 순백의 날개는 여전히 아름다웠다.

기억 속 그대로였다.

그래서 더욱 우리엘 디아블로의 남아 있던 '감정'이 바깥으로 표출되고 있었다.

"엘레나…… 이분이……?"

라이라가 복잡한 눈초리로 엘레나에게 시선을 옮겼다.

엘레나는 라이라를 낳자마자 죽었다. 이름은 알아도 모습은 모를 만하다.

본래라면 라이라를 낳기 전에 진즉에 죽었어야 정상이었던 몸. 그때까지 살아 있던 것 자체가 기적이었다.

덕분에 나는 라이라와 만났고, 이렇게 엘레나마저 되찾을 수 있었으므로.

생각해 보건대, 한순간도 기적이 아니었던 적이 없다.

-내겐 너만 있으면 된다. 너만이 내 세상의 전부였건만.

머릿속에 목소리가 울려 퍼진 듯했다.

동시에 나의 몸이 멋대로 움직여 엘레나의 신체를 부드럽게 감싸 안았다.

'우리엘, 우리엘 디아블로.'

모든 걸 내게 넘겼으나, 엘레나와의 감정만은 아직 이 몸에 남아 있었다.

아니, 영혼의 마지막 조각이 격렬한 감정의 파동으로 되살아났다.

'이 자리는 너에게 넘겨주마.'

나는 우리엘의 영혼의 잔재가 몸을 움직이는 걸 허락했다.

최후의 해후. 그것마저 방해할 생각은 없었다.

"전부를 쥘 수 있는 자리에 마침내 올랐음에도, 너만은 여전히 가질 수가 없구나."

우리엘이 엘레나의 뺨을 쓸었다. 그의 몸이 부르르 떨리고 있었다.

태양왕. 가장 쓸모없는 취급을 받던 우리엘 디아블로가 마침내 이 자리에 오를 수 있었던 건 모두 엘레나 덕분이다.

그녀로 인해 우리엘은 강해지자 마음먹었고, 라이라와 함께 성을 나와 데몬로드의 자리까지 설 수 있었으니까.

"하지만 걱정 마라. 너를 죽게 만든 모든 이에게 죄를 물을 것이다. 그와 나의 목적은 일치하니까."

내가 한 말이 아니다.

우리엘이 한 말이었다.

일치한다?

'아아.'

그제야 깨달았다.

엘레나가 죽은 건 심연의 늪에 있었기 때문이다. 심연 자체가 그녀를 죽인 것과 다름이 없었다.

우리엘 디아블로는 심연 자체를 없애야 할 대상으로 보고 있었다.

나보다도 더욱 간절하게.

그는 엘레나에게만 말을 건 게 아니다. 내게도 말하고 있는 것이다.

"모든 죄를 물은 뒤에, 다시 만나자. 엘레나. 그때까지만 기다려다오. 너를 결코 쓸쓸하게 두지 않을 것이다."

"로드시여……?"

라이라가 불안감이 섞인 목소리로 말했다.

우리엘이 한 말은 '죽어서 만나자'라고 하는 것과 일맥상통했다.

하지만 우리엘은 고개를 돌리지 않았다. 오로지 엘레나만 바라보고 있었다. 그녀만으로도 그의 영혼은 가득 찼던 것이다.

'처음부터 라이라가 들어올 자리 따윈 없었군.'

우리엘은 엘레나 바라기였다. 라이라도 사랑하지만, 엘레나의 사랑과는 다른 '정'이었다. 부모로서의 애정 말이다.

그 감정이 지금 폭발한 것이었다.

나는 가만히 우리엘 디아블로를 지켜봤다.

라이라 또한 마찬가지였다. 하지만 그녀의 눈은 슬픔을 담고 있었다.

아마도 눈치챈 것이겠지.

"결코…… 너를 혼자 두지 않으마."

모든 해후가 끝났을 때, 나는 처음으로 '그'와 대면했다.

-너를 선택하길 잘한 것 같군.

"우리엘 디아블로?"

-너는 내가 본 것 이상의 일을 해냈다. 태양왕마저 죽일 줄은 나조차도 전혀 예측하지 못했으니.

"불가능을 가능으로 바꾸지 않으면 내 바람을 이룰 수 없으니까."

-그래, 그래서 너를 골랐지. 결코 포기하지 않는 그 근성 때문에.

우리엘은 자조적인 미소를 흘렸다. 자신이 하지 못한 걸 내가 해냈다. 같은 조건에서 시작했으면서도 전혀 다른 결과를 낸 것이다.

이내 고개를 내저은 우리엘이 말했다.

-라이라를 부탁한다. 내 심장엔 엘레나밖에 담지 못했다. 하지만 너라면…….

"떠넘기는 건가?"

-너라면, 라이라를 믿고 맡길 수 있다. 그 아이는 어렸을 때부터 철이 들어서 성숙했지만, 그만큼 여리기도 하지. 부디 상처만은 주지 말아다오.

"모든 걸 알게 되면 나를 받아들이지 못할 거다."

-과연 그럴까? 너만 그렇게 생각하고 있는 것 아닌가? 모든 걸 덮어놓고 언제까지 그 아이를 농락할 셈이더냐?

"농락? 그럴 생각은 없다."

-그 아이가 진정으로 눈치채지 못하고 있을 것 같은가? 단지, 눈감아주고 있을 뿐이다. 그 아이는 사려가 깊으니.

"자식 자랑하는 팔불출 같군."

그나저나…… 정말일까?

라이라 디아블로, 그녀가 내 정체를 어렴풋이 깨닫고 있다고?

-당장은 혼란스러워해도 다시금 딛고 일어설 것이다. 그 아이는 너와 닮았다. 결코 포기를 몰라. 닮은 자들은 서로에게

끌리는 법이지.

"포기를 모른다면, 너를 포기하지도 않을 것 같은데."

-나는 이미 없는 자다. 없는 자를 사랑할 순 없다.

"필사적이군."

-……어느덧 내게도 너만이 희망이 되었으니까.

우리엘은 100년간 무수히 많은 꿈을 보았다.

그리고 나를 골랐다.

"왜 직접 해보려고 하지 않은 거지? 왜 나를 선택한 거냐?"

단순히 포기하지 않는 근성 때문이라면 말도 안 된다. 그 정도 근성은 우리엘에게도 있을 것이다.

그의 기억과 행동을 보면, 단순 의지만은 나 이상일지도 모른다.

우리엘이 깊은 한숨을 내쉬었다.

-내게 없는 것을 네가 가지고 있었다. 편견. 그리고 인간이라는 것.

"인간이기 때문에 나를 골랐다고?"

심연에서 살아온 우리엘보단 내가 더 적은 편견을 갖고 적들을 대할 수 있다는 건 이해했다.

하지만 인간이어서 골랐다는 건 살짝 이해가 되지 않았다.

-무한한 가능성. 인간에겐 그게 있다. 특히 너는…… 가장 빛나는 별을 가지고 있었지. 가장 앞에서 다른 자들을 이끄

는 별.

"나는 영웅이 될 생각이 없어."

-하지만 그렇게 될 것이다. 너의 운명은 피한다고 피해지는 게 아니야. 또한, 나에겐 한계가 있다.

"성장의 한계 말이냐?"

-그래, 너도 어렴풋이 느끼고 있을 테지. 이 몸은 더 이상의 새로운 마법을 받아들이지 못한다는 걸.

우리엘 디아블로의 능력치라면 무엇을 배워도 순식간에 터득하고 숙련되어야 한다.

그래서 여러 가지를 시도해 봤지만 그게 '스킬'로 발현된 적은 없었다.

심지어 검술을 시도했을 때도 마찬가지다.

그래서 오한성일 때의 몸으로 행동한 것과는 달리 툭툭 끊기는 느낌이 있었다.

설마설마했는데 본인에게 직접 들으니 더 할 말이 없었다.

-하지만 너는 다르다. 오한성, 너는 계속해서 끊임없이 새로운 힘을 받아들이고 있다. 성장 한계치를 뛰어넘어, 내 잠재력까지 고스란히 투영하고 있지. 아마도 그 '반지' 때문이 아닐까 싶은데…….

"반지가 보이는 건가?"

육망성의 반지. 내게만 보이고, 누구에게도 보이지 않는 반지다.

심지어 반지의 주인이었던 민식이도 보지 못했다.

-나는 너다. 너는 또한 나다. 못 볼 리가 없지 않으냐. 그리고 그 반지는 나와 너의 연결을 보다 유동적으로 만들어주고 있다. 인간을 데몬로드 이상의 그릇으로 만들어주다니. 그런 물건은 들어본 적도 없다. 그 반지의 주인이었던 자. 그자는 분명히 뭔가를 알고 있을 것이다.

"김민식……."

-하지만 조심해야 한다. 지금 그 반지에 문제가 생기면, 너의 본래 몸도 버티지 못할 터. 어쩌면 치명적으로 작용할 수도 있겠지.

반지는 알레테이아 교단이 섬기던 '크로노스'의 상징이다. 시간의 신. 민식이는 입버릇처럼 '크로노스께서 우리를 되돌려주실 거다'라는 말은 달고 살았다.

알레테이아의 정체가 라타토스크라면, 크로노스는 누굴까?

같은 존재일까? 아니면?

-나의 바람과…… 라이라를 부탁한다.

"이대로 영영 사라지는 거냐?"

-'별'에게 저항해 볼 생각이다. 나는 꿰뚫어 보는 자. 위대한 별이라 해도 완전한 것은 이 세상에 없다. 그리고 네가 그 별

을 거머쥐었을 때.

"그때 다시 만나겠군."

-하지만 태양왕이 되었다고 자만해선 안 된다. 이제 시작일 뿐이다. 휘하 군단장들은 결코 태양왕을 쉽게 따르지 않으니.

"하지만 그들이 나를 따르게 만들면, 전쟁의 구도를 바꿀 수 있지."

-양날의 검이다. 그들이 등을 돌리면 너는 죽는다. 그래도…… 너라면 할 수 있을 테지.

우리엘의 영혼이 보다 흐릿해져 갔다.

이윽고 그의 모습이 완전히 사라지자 가슴이 텅 비어버린 것만 같은 느낌이 들었다.

나는 천천히 손을 가슴 위로 올렸다.

'허하군.'

하지만 그가 남긴 선물은 분명히 받았다.

[동화율 100%를 달성했습니다.]

드디어, '진짜'로 거듭난 것이다.

그 시각.

우리엘이 눈을 감고 미동조차 하지 않을 때, 엘레나의 신체에서 하얀 정수가 튀어나와 라이라에게 인도되었다.

'이건……?'

라이라는 자신의 심장으로 들어온 정수에 고개를 갸웃했다.

-신성, '루'의 의지를 이으세요. 언젠가 필요할 것입니다.

그 순간.

하얀 정수는 이내 창의 모습으로 바뀌었다.

하지만 완전하지 않은 모습이다. 조각 몇 개가 비어 있었다.

나머지 조각을 모두 찾았을 때 비로소 창은 완전해진 상태로 깨어날 것이다.

그러나 이게 엘레나의 영혼이라는 걸 라이라는 깨닫게 되었다.

'엘레나. 나를 낳아주신 분…….'

더 이상의 대답은 없었다.

하지만 그녀의 심장 속에서 분명히 창의 기척이 느껴지고 있었다.

엘레나의 온기가 남아 있었다.

동시에, 그녀의 머릿속으로 몇 가지 기억이 흘러들어 왔다. 엘레나가 라이라를 사랑했던 단편적인 기억들.

　　-사랑한다, 내 딸.

　　'미안해요.'

　　하나 라이라는 섣불리 그 힘을 받아들이지 못하고 있었다.

　　엘레나가 라이라를 사랑한다는 그 온정을 알 것 같았다.

　　기억 속에서 엘레나는 언제나 뱃속의 라이라를 위해 '사랑한다'는 말을 끊임없이 입에 담았다.

　　하지만 라이라는 또한 엘레나가 사랑했던 우리엘 디아블로를 사랑한다.

　　그 죄악감이 그녀를 옭아매고 있었다.

　　후계가 왕을 죽이고 그 자리를 강탈하는 일은 심연에선 특이한 경우가 아니다.

　　우리엘 디아블로는 혈족이었고, 그 자격 또한 충분했으니 명분상으로는 내가 왕에 오르는 건 당연한 일이었다.

　　영지를 떠나, 나는 즉시 태양왕의 성으로 향했다.

　　태양왕의 성. 설마 이곳에 발을 디디는 날이 올 줄이야.

　　두근!

심장이 크게 뛰었다.

내 옆에 선 라이라도 긴장한 기색이 역력했다.

태양왕이 되었지만, 결국 그럴싸한 이름뿐이라는 걸 나는 알고 있었다.

그러나 결코 이름만으로 끝내진 않으리라.

'작은 것에 만족하려 했다면 시작조차 하지 않았다.'

이 성의 모든 것을 내 것으로 만들 것이다.

그러기 위해 나는 큰 한 발자국을 내디뎠다.

성벽의 끝이 보이지 않았다.

만리장성?

그 정도 규모가 아니다.

몇 개의 굵직한 국가를 이어붙여 놔야 겨우 이 성만 한 것 같았다.

그 정도로 압도적이었다.

이만한 건축물을 나는 살아생전 본 적이 없었다.

단순히 '크다'를 넘어서서 경이로울 수준이었으니.

"왕이 바뀌었다더니, 진짜네."

"우리엘 디아블로. 데몬로드였다는데."

"정말 저 몸으로 '태양왕'을 죽인 건가?"

반신반의의 말들.

성으로 들어서자 무수히 많은 가지각색의 마족이 나를 반겼다.

뿔과 날개, 강대한 마력을 담은 괴물들.

이곳은 마족의 본거지와도 같았고 나는 들어감과 동시에 미치도록 긴 행렬의 중심을 걷게 된 것이다.

"태양왕이시여, '태양교의 교주'입니다."

내 뒤로 7명의 군단장이 늘어서 있었고, 그중 3군단장이 말을 건넸다.

일곱 명의 군단장 중에서 유일하게 그만이 내게 가까이 다가온 탓이다.

솔직히 나는 태양왕으로서의 의무나 행동 요령 같은 걸 전혀 모른다.

이와 같은 때에 3군단장의 몇 마디 말들은 더할 나위 없는 도움이 되었다.

'그래도 쉽게 믿어선 안 되지.'

조심해야 한다. 둠과 작당을 모의한 배신자가 내 뒤에 있었다. 언제든지 칼을 뽑고 등을 찌를 준비를 하고 있을 것이다.

친한 척 다가와서 웃는 모습으로 배신을 하는 게 마족이고 이곳 심연의 생리였다. 인간의 정신으로 버티려면 틈 자체를 줘선 안 된다.

그리고 긴 행렬의 끝에서 나를 막아선 한 마족이 있었다.

"새로운 태양왕을 뵙습니다."

태양의 문신이 전신 곳곳에 새겨진 특이한 마족이었다. 그가 무릎을 꿇고 로브를 쓴 채 나를 올려다보고 있었다.

"태양교의 교주, '코로나'라고 합니다."

태양교?

이곳에도 교단 같은 게 있단 말인가?

살짝 의외였다. 우리엘의 기억 속엔 없는 내용이었기 때문이다.

애당초 태양왕은 이곳의 절대지존 아니었나? 왕권과 신권이 양립할 수가 없을 텐데?

내가 의아한 눈빛으로 그를 쳐다보자 스스로를 코로나라 소개한 마족이 이어서 말했다.

"아아, 저희 교단은 특수한 활동을 할 때에만 활동을 한답니다. 예로부터 '태양왕'에게 시련을 부여하는 역할을 맡고 있지요."

"그대가 내게 시련을 부여하겠다는 말인가?"

"통상적인 관례입니다. 태양왕의 권위는 절대적인 것. 하지만 태양은 모두를 비추는 광명과도 같은 것. 삿된 자가 그 자리에 앉아선 안 되기에 확인하려는 것뿐이오니 부디 양해를 부탁드립니다."

시련, 시련이라.

하지만 태양이니, 광명이니, 마족과는 전혀 안 어울리는 단어들이었다.

통상적인 관례라고 하지만, 나를 달갑지 않게 여기는 자가 많다는 것쯤은 알고 있다.

주변 마족들의 시선에서부터 언뜻 악의가 비치고 있던 탓이다.

'이 악의는 어디로부터 오는가.'

전대의 태양왕? 그가 의외로 성군이었던 것일까.

아니면 듣도 보도 못한 자가 갑자기 왕의 자리를 꿰차서?

어쩌면 둘 다일 수도 있겠다.

모두가 지켜보는 자리. 여기선 의연함을 보여줄 필요가 있다.

"그리하라."

"먼저…… 피 한 방울을 뽑겠습니다."

그가 노란색의 기다란 바늘을 꺼냈다. 모두가 가만히 있는 것을 보면 특이한 일은 아닌 모양이었다. 하지만 대부분이 그 바늘을 유독 주시하고 있었다.

무언가를 기대한다는 듯이.

'심안.'

세 번째의 눈을 열었다. 왜 저런 관심을 보이는지 먼저 알아야 필요가 있을 듯싶었다.

<태양의 비늘(value-???)>

- 태양의 비늘로 만들어진 바늘.
- 태양왕의 피가 닿으면 색이 변한다.
- 색이 진해질수록 강한 태양왕이 된다는 이야기가 전해진다.

태양왕의 자격을 확인하는 기초 작업인 듯싶었다.

그리고 그 색깔에 따라 나를 바라보는 눈빛들이 조금은 달라지지 않을는지.

하지만 여기선 내가 무슨 수를 쓸 수가 없다.

설마 강대한 괴물들이 미신을 믿는다니.

'웃기지도 않는 일이야.'

결국 미신을 위한 도구.

그래도 조작은 없어 보인다.

가만히 오른손을 내밀었다. 교주, 코로나가 바늘을 내 손목에 꽂았고 곧이어 바늘을 타고 올라온 피가 그 안으로 흡수되더니 색깔을 달리하기 시작했다.

노란색이었던 바늘이 점차 흐려져 갔다.

"일반적인 노란색조차 되지 못하는 건가?"

"약한 왕을 모시긴 싫은데."

"도전자가 물밀 듯이 밀어닥치겠군."

모두가 고개를 저었다. 족히 수백, 수천만은 되어 보이는 마족이 이 끝없는 성의 내부에 모여 있었고, 그들의 한마디, 한마디는 고함처럼 내 등을 떠밀었다.

하지만 흔들리지 않는다.

'흔들릴 수 없다.'

이곳은 또 다른 전장이었다.

그것도 여태껏 만난 전장과는 그 궤를 달리했다.

연노란 색깔이면 어떤가. 이런 미신의 산 증거와 같은 물건으로 나를 재단할 수는 없는 법이다.

말보다 행동으로 보이는 게 내 성격이었으니, 고작 이런 작은 증거 같지도 않은 증거 따위가 나를 압박할 순 없었다.

"색깔이 더 연해지는군."

"백색?"

"백색이라니. 허어, 대체 얼마나 약하기에!"

"전대 태양왕은 적색에 가까웠건만. 쯧쯧쯧."

색깔 전부가, 사라졌다.

이내 나타난 건 백색.

아무런 색깔조차 가지지 못한 바로 그 색깔이었다.

연해질수록 약한 왕이 된다. 그들이 그렇게 믿고 있으니, 무한한 자조와 비웃음을 흘렸다.

슬쩍 시선을 돌리자 군단장들의 표정에도 변화가 생겼다.

욕심, 실망…….

그러한 감정들이 보였다.

'아무런 기대도 없는 편이 내겐 더 편하다.'

좋게 생각했다. 처음부터 쉬운 길을 가리라 생각하지 않았다. 오히려 이번 기회로 인해 흑백이 명확하게 가려질 수도 있었다.

내게 칼을 들이밀 자를 선별할 기회일 수도 있지 않나.

"……협조에 감사합니다, 태양왕이시여. 부디 평온한 길을 가시옵소서. 다음 시련은 내일 전달하도록 하겠습니다."

평온한 길을 가라는 말이 왜 저토록 구슬프게 들리는지.

어깨를 으쓱했다.

이제는 전대가 되어버린 태양왕과 우리엘 디아블로. 그들이 이미 내게 경고했다.

가시밭길일 거라고.

내가 가는 길은 불가능한 길이라고.

아서라.

오히려 의욕만 붙었다.

쾅!

"백색이라니. 우리가 그토록 허약한 왕을 따라야만 하는가?"

거대한 공동이었다. 성의 중심부에 만들어진 회의장. 그곳에 여섯의 군단장이 모두 모여 있었다.

그리고 태양왕의 옹립에 반대하던 1군단장이 격하게 의견을 토했다.

"하지만 그는 적색에 근접했던 전대의 태양왕을 죽였다. 모두가 보았지."

2군단장이 말했다.

확실히, 의심의 여지는 없었다.

우리엘 디아블로가 태양왕을 죽이는 장면은 모두의 뇌리에 정확하게 박혀 있었기 때문이다.

1군단장이 더욱 열을 올렸다.

"역대 어느 왕들도 백색은 없었다. '태양의 비늘로 만든 바늘'은 그 왕들이 끝에 행한 업적을 미리 알려주는 도구와도 같다. 적색에 가까울수록 위대한 존재가 되지. 하지만…… 옅은 색을 보였던 왕들은 하나같이 모두에게 실망만을 안겼을 뿐."

바늘이 보인 색깔은 단순한 힘의 척도가 아니다.

그 왕의 위대함을 알리는 도구였다.

백색이라면 정말 형편없다는 뜻.

"그래서 '도전자'가 되겠다는 말인가? 군단장인 네가 '도전자'가 된다면 좋은 소리를 듣진 못할 텐데."

왕에게 도전하는 도전자의 제도가 있었다.

심연은 강자가 모든 것을 차지하는 곳. 여기라고 다르진 않다.

하지만 패배한 자는 모든 걸 잃는다. 자그마한 연결 고리라도 가진 자는 모두 죽인다. 어떠한 물건도 남길 수가 없다.

전대의 태양왕은 그 제도를 사용하지 않았다.

피의 숙청.

본래는 12명이었던 군단장 중에 다섯을 죽이고, 왕조차 죽이며 왕위에 오른 그는 거의 적색에 가까운 색깔을 보였었다.

그것만으로도 대단한 업적이라 할 수 있을 것이다.

살아남은 일곱 명의 군단장은 숨을 죽이며 그의 밑에 무릎을 꿇었다.

그런 걸 모두가 뻔히 아는데 도전자가 되겠다면 지탄받아 마땅하다.

"아니, 최소한 자격 없는 자가 왕이 되는 것만은 막을 것이다."

그걸 아는지 1군단장은 고개를 저었다.

그러자 조용히 있던 6군단장이 입을 열었다.

"신조 람이 인정했다. 시련 중 가장 어려운 시련을 이미 통과했으니, 무난하게 나머지 것들도 통과하고 그는 진짜 왕이 되겠지."

태양교의 시련 중 가장 어려운 게 그 교단이 모시는 새, 신조 람의 허락을 받는 것이다.

그런데 우리엘 디아블로는 처음부터 가장 어렵다고 정평이 난 시련을 해결한 상태였다.

더 볼 게 없다는 뜻이다.

그러나 1군단장은 미소를 지어 보였다.

"아니, 방법은 있다. 그가 절대로 해결하지 못할 시련이 하나 있지."

"절대로 해결 못 할 시련이라? 시련의 내용을 바꾸진 못할 터."

"시련의 보강을 한다는 이야기다. 교주와는 이미 말을 맞춰 놓았다. '황혼의 시련'만은 그가 절대로 해결할 수 없을 테지."

"황혼의 시련이라……. 그렇군. 충분히 가능성 있는 이야기야."

대부분의 군단장이 납득했다.

황혼의 시련. 우리엘 디아블로는, 이곳 성이 아닌 외부에서 살아온 그는 절대로 풀지 못할 숙제가 하나 있었다.

그 과제를 해결하지 못한다면 그는 왕이 될 수 없다.

태양의 선택을 받지 못했다는 이유로 탈락하고 쫓겨날 것이다.

모두가 1군단장의 의견에 귀를 기울였다.

시련이란 건 생각보다 간단했다.

가장 첫 번째 시련은 태양의 빛을 견디는 것.

본래 심연엔 태양이 없지만, 태양교의 본단 깊숙한 곳에 태양와 이어진 장소가 있었다.

놀랍게도 진짜 태양이었다. 지구에서 볼 때보다 몇 배는 더 가까이에 있었다.

"대부분의 마족은 저 빛을 이겨내지 못합니다. 저 빛을 보고 타버린 자들도 있지요. 하지만 태양왕이라면 견뎌야……."

"이게 다인가?"

멀찌감치 떨어져 말하는 코로나가 눈을 깜빡였다.

태양빛은 내게 아무런 영향을 주지 못했다.

조금 뜨겁긴 했지만, 그게 다다.

'심연의 평범한 괴물들은 태양을 본 적이 없겠지.'

그래서 버티지 못한다는 거라고 짐작되었다.

하지만 항상 태양을 보며 살아온 내겐 아무렇지도 않았다.

그것을 코로나가 놀라며 쳐다보고 있는 것이다.

"처, 첫 번째 시련은 끝났습니다."

"바로 다음 시련으로 가지."

두 번째, 세 번째 시련도 크게 다를 건 없었다.

하지만 네 번째 시련이 문제였다.

"'황혼'의 시련입니다. 직접 태양신과 만나는 자리지요."

"태양신이 존재하는가?"

"예, 그분은 태양 그 자체이기도 하며 모든 생명의 근원이기도 합니다."

"어디서 볼 수 있지?"

"그것을 왕께서 찾으셔야 합니다. 신의 자취는 이 성의 어딘가에 항상 무작위로 나타나거든요."

누구도 돕겠다고 나서는 자가 없었다.

나는 시작부터 '폐급'이라 선고가 내려진 왕이다.

일반 마족들도 나를 기피했다.

하지만 이 넓은 곳에서 그 '신의 자취'인지 뭔지를 어떻게 찾는단 말인가?

"……로드시여, 제가 찾아보겠습니다."

"이그닐도. 찾을게!"

유일하게 나의 편을 드는 건 라이라였다.

그리고 그녀를 따라온 이그닐도 함께였다.

'성 어딘가에 신의 자취가 있다.'

정말 신의 자취일까?

이곳 심연에도 신이란 게 있었단 말인가?

태양왕이 모시는 신이라니.

고개를 내저으며 나 또한 그 자취를 찾는 데 열을 올렸다.

요르문간드가 나무를 타고 하늘로 올랐다.

본래라면 그의 반쪽에게 가려고 했지만, 그는 멋지게 왕위의 찬탈자가 되었다.

그녀가 할 일은 그렇다면 그다음, '혼돈'을 바라보고 그에게 경고하는 것이었다.

탈피한 그녀는 세계수의 줄기를 타고 어디로든 향할 수 있었고, 그녀가 향한 곳은 바로 우주수, 위그드라실이 있는 곳이었다.

쾅! 쾅 콰르르르르르릉!

우주수는 실시간으로 무너져 내리고 있었다.

뿌리가 흔들리고 잘려 나가며 모든 차원에 균열을 흩뿌리는 중이었다.

그리고 그 중심에 그가 있었다.

'흐레스벨그.'

나무 위의 대현자, 흰 독수리 흐레스벨그!

모든 균열을 일으킨 장본인이 그곳에 있었다.

두 번째 신들의 황혼, 라그나로크의 시작, 모든 것의 정점인 그가.

51장
크투가

　요르문간드의 미간이 좁혀졌다. 흐레스벨그는 위그드라실의 최정상에 있어야 한다. 그곳이 그에게 주어진 '자리'였을진대.

　어째서 중심부에 있단 말인가?

　아니, 그런 건 상관없었다. 탈피를 끝내고 '진짜'가 된 직후부터 계속된 의문을 풀어줄 존재가 그라는 걸 단번에 알아본 탓이다.

　"궁금한 모양이군."

　"……."

　요르문간드는 자신의 존재 자체를 지우며 숨겼지만 대현자의 눈을 피하지는 못했다.

　대현자, 흐레스벨그는 정확히 요르문간드의 위치를 바라보며 말했다.

"위그드라실에 오를 자격을 얻었으나 이곳엔 네가 증오하는 '신'들이 없지. 너를 죽인 토르도, 너를 버린 오딘도, 모두 니드호그가 잡아먹어 버렸거든."

"니드호그, 그 지저의 뱀이?"

"그래 봤자 결국 소모품, 그녀가 꾸는 '꿈' 속의 존재들을 일깨운 것에 지나지 않지만, 스스로 위그드라실에 오른 '기억'은 네가 처음이다."

기억이라고?

흐레스벨그는 거대한 흰색의 알을 바라보고 있었다.

"라타토스크. 그녀는 잠들었다. 그리고 꿈을 꾸고 있지. 그녀의 꿈과 기억은 현실로 투영되어 모든 것을 새로이 만든다. 너 역시 본래라면 그녀의 '꿈'에 지나지 않았을 터이나, 흥미롭군."

그의 눈은 모든 것을 꿰뚫는 듯싶었다. 이러한 느낌은 '그'에게서 느껴졌던 것이지만, 그보다도 더 깊었다. 깊고 진했다.

"그렇다면 짐은 라타토스크가 꾸는 꿈의 '편린'이란 말이냐? 이 세계가, 내가 보는 모든 게 과거의 잔재라고?"

요르문간드의 전신이 파르르 떨렸다. 그녀의 자존감은 하늘을 뚫는 정도로 강렬하다. 그 자존감에 타격을 받은 것이다.

흐레스벨그의 말은 간단했다.

모든 '이변'은 라타토스크의 꿈. 그녀의 기억을 전제로 재구성된 것이라고. 니드호그의 출현과 신들의 황혼 모두가 그와 관계되어 있다는 뜻이었다.

하지만 흐레스벨그는 고개를 저었다.

"전부는 아니야. 너처럼 스스로 일어선 '가짜'도 있으니까. 어쩌면 그보다도 특별하지. 보아하니 너는 처음부터 '돌아가고 싶다'는 충동을 느끼지 않은 듯하군."

"짐이 있어야 할 곳은 짐이 서 있는 곳이다. 돌아간다는 말 자체가 이상한 것이지."

"그래, 그래서 이상한 거다. 라타토스크의 알을 눈앞에서 봤다면 그녀의 꿈속으로 다시 돌아가고 싶다는 충동이 극에 달해야 정상이거든. 그런데 너는 그렇지 않아. 왜지? 무슨 영향을 받은 거지?"

천하의 대현자조차도 모르는 게 있는 모양이었다.

하지만 요르문간드는 인상을 찌푸릴 따름이었다.

"이상한 소리는 집어치워라. 짐이 궁금한 것은 이 세계의 이변. 모든 것의 시초다."

"어느 날 라타토스크가 잠들었다. 우리를 중재하던 그녀가 잠들자, 나와 니드호그는 격렬하게 싸웠지. 그로 인해 모든 차원에 균열이 일어나고 위그드라실의 절반이 무너졌다. 그래도 승부가 나지 않더군."

어느 날.

흐레스벨그가 사용한 표현으로 보아 그도 라타토스크가 잠든 이유를 모르는 것 같았다.

그가 계속해서 이야기했다.

"상관은 없었다. 초기의 라그나로크 이후 이곳은 텅 비어 있었다. 대부분의 신이 '허무로 끌려가고, 거인들은 봉인되었으며, 세계는 자기 마음대로 흘러가기 시작했으니까."

텅 비어 있었다니.

요르문간드는 잠시 혼란을 느꼈다.

자신의 기억 속에 남아 있는 신의 잔재들, 그 모든 게 그저 '과거의 기억'일 뿐이라면, 이제는 사라진 것이라면…….

그녀 스스로가 진짜 그녀가 맞는지조차 의문이었다.

"니드호그의 전쟁으로 나는 한쪽 '눈'을 잃었고, 놈은 새끼들을 잃었다. 새끼들 모두를 잃자 니드호그는 위그드라실에서 떨어져 나갔다. 그리고 세계의 관리자들을 잡아먹기 시작했지. 아마도 새로 새끼를 낳을 영양분을 필요해서일 거야."

세계의 관리자라 칭해지는 신들이 있다. 그들은 진짜 신은 아니지만, 신에 가까운 권한을 부여받은 자들이다.

"하지만 그 덕분에 세계의 균형이 무너져 내렸다. 그러자 놀랍게도, 그 공백을 그녀가 채우더군. 가짜를 만들어 진짜처럼 행세를 시키는 걸 보며, 나는 한 가지 가능성을 떠올렸다. 어쩌면 진짜와 같은 가짜를 만들 수 있지 않을까."

흐레스벨그의 눈이 다시금 요르문간드의 전신을 훑었다.

한쪽 눈을 잃었다지만 두 눈 전부가 정상이었다. 외견상으로 보이는 '눈'이 아니라 권능을 가진 또 다른 '눈'을 뜻하는 건지.

"내게 남은 마지막 눈으로 그녀의 꿈에 개입했다. 그리고 만들었지. '위대한 별'을. 허무의 문을 열, 타락했던 혼돈의 신을 말이다. 그런데…… 부족했어. 많이 부족했지. 그 거대한 욕망의 안을 채워 넣을 내용물이 필요했다."

요르문간드도 아는 내용이었다.

72명의 데몬로드.

그리고 지구.

모든 것을 집어삼켜야 비로소 완성되는 것이었다.

그 작품이 흐레스벨그의 것이었다니, 그렇다면 그의 목적은 다시금 모든 신을 부활시켜 진정한 라그나로크를 여는 걸까?

"너의 목적이 무엇이냐, 흐레스벨그."

"어차피 이대로 놔두면 니드호그가 세상을 집어삼킬 거다. 그러니 가짜가 아닌 진짜들을 깨워, 놈을 잡아야지. 여러 차례 시도해 봤지만 가짜들로 니드호그를 잡을 순 없었으니."

그가 어깨를 으쓱했다.

그녀의 꿈으로 '기억을 가진 가짜 신'을 만들어 대항해 봤으나 모두 실패했다는 의미다.

오딘이나 토르가 니드호그에게 잡아먹혔다는 말을 그는 했었다.

그래서 진짜가 필요하다…….

하지만, 흐레스벨그의 눈은 여전히 요르문간드에게서 떠나지 않았다.

"너는 어떻게 탈피했지? 너를 일깨운 게 무엇이냐. 심히 궁금하군. 수만 번은 시도해 봤지만 모두 결국 가짜에 지나지 않았어. 하지만 너는 다르다. 너는 가짜가 아닌 진짜가 되었다."

결국 그의 관심은 오로지 요르문간드뿐이었다.

위그드라실을 오를 자격을 얻은 가짜. 있을 수 없는 일이 벌어졌기 때문이다.

실수였나? 아무런 준비도 없이 우주수를 오르지 말았어야 했는가.

하지만 요르문간드는 고개를 저었다.

그녀는 세계를 집어삼킨 뱀. 다른 자들이 자신을 피할지언정, 자신이 누군가를 피해선 안 된다.

"짐이 대답해 줄 이유는 없을 거 같구나."

"허어, 나는 이렇게나 친절하게 너의 의문에 답해주지 않았더냐? 완전히 밑지는 장사를 해버렸군."

"라타토스크를 깨워라. 이 이상의 혼돈은 짐도 바라지 않으니."

"요르문간드여, 그녀를 깨우면 너도 사라진다. 알고서 하는 말이냐?"

아무리 진짜가 되었대도 그 본질은 결국 그녀의 기억이었다. 그녀가 꿈에서 깨어나고 현실을 직시하면 꿈에서 잉태된 모든 것이 사라진다.

그것을 알기에 가짜들은 필사적으로 다시 그녀의 '꿈속'으로 돌아가려 한 것이다. 본능과 같은 움직임을 보이게 된다.

하지만 요르문간드는 다르다.

"짐이 사라진다? 흐레스벨그, 짐은 영원불멸하도다. 그딴 계집의 꿈을 깨웠다고 짐이 사라지는 일은 있을 수 없다. 한입에 삼켜 버리기 전에 깨워라."

도리어 협박을 한다.

흐레스벨그. 그 대현자가 크게 웃어버렸다.

"흐하하! 역시 너는 다르군. 아주 달라. 그러니…… 강제로라도 다시 '꿈속'으로 돌려보내야겠다. 네가 돌아가면 라타토스크에게서 또 다른 '자극'을 얻어낼 수 있을 것 같거든."

촤아아악!

흐레스벨그의 날개가 펴졌다.

세상을 뒤덮을 것만 같이 거대하기 짝이 없는 날개였다.

저 날갯짓은 균열을 부른다. 세계를 뒤흔들 정도의 풍압을 만들어낼 수 있다.

전투의 신 토르를 죽인 요르문간드의 독도 닿지 못할 것이다.

하지만, 요르문간드는 포기할 생각이 없었다.

'짐의 반려여.'

그 순간, 그의 얼굴이 떠올라 요르문간드는 피식 웃고 말았다.

말이 반려이지 진지하게 생각해 본 적은 없었다. 없다고 생각했다. 그도 그렇게, 단순히 복수를 위해 그와 계약을 맺은 것뿐이니까.

그 약하고 작은 것이 세계를 삼킨 뱀과 같은 자리에 선다는 건 불가능한 일이다.

그런데, 그럴진대.

그의 활약을 보며 어느새 시선을 뺏긴 모양이었다.

하필이면 이때 그의 얼굴이 떠오르는 걸 보면.

"포기한 거냐? 그래, 험한 꼴 당하기 싫으면 얌전히⋯⋯."

"닥쳐라. 본래 짐은 맛있는 것을 먹기 전에 잠시 사색에 잠기노라."

결국 모든 건 그녀의 먹이에 지나지 않는다.

그게 설령 만물을 굽어보는 새, 흐레스벨그라 할지라도.

['밤의 계약'이 해제되었습니다.]
['밤의 저주'로부터 더 이상 자유롭지 못합니다.]

툭!

내게 있던 운명의 선 중 하나가 끊겼다.

요르문간드. 그녀의 것이었다.

'……무슨 일이 일어난 거지?'

그것도 하필이면 '신의 자취'로 보이는 것을 막 찾았을 때였다.

요르문간드에게 문제가 생긴 걸까?

운명의 선이 잘려 나갔다는 건 크게 두 가지 경우로 볼 수 있었다.

죽음, 혹은 더 격 높은 존재에게 봉인당한 것이다.

-너 뭐냐, 뭐 하는 놈인데 내 졸을 데리고 다녀?

'태양신의 자취'라고 평해지던 것은 정령이었다. 그것도 불의 정령이었다.

정확한 이름은…… 크투가.

나는 예전 옥션에서 번개의 정령 프투가와 계약한 적이 있었다. 계약한 이후로 소환에 거의 응하지 않아 뒷전으로 삼고 있었지만, 여기서 그 상위 정령인 크투가와 만나게 됐다.

크투가.

화염의 왕, 살아 있는 불, 태양 등으로 불리는 정령이었다.

또한 '진화의 불'을 가진 존재이기도 했다.

정확히 말하자면 그 크투가가 나를 찾아온 것이다.

-오오, 크투가 님. 살아계셨습니까?

번개의 정령 프투가가 튀어나왔다.

무슨 일이 있어도 나타나지 않았던 프투가는 마치 상사를 만나 재빨리 튀어나온 모습이었다.

-내가 살지 그럼 죽냐? 너 인마, 여태까지 어디 있었어?

-크투가 님을 찾아다니고 있었습니다. 그런데 하필 암흑인들에게 붙잡혀서…….

-그 덜떨어진 놈들한테 붙잡혔다고? 내가 준 힘이 놈들에게 잡힐 정도로 약하진 않을 텐데?

-죄송합니다. 너무 오래되어 힘을 거의 상실한 상태였습니다.

-말이 많다.

-죄송합니다.

나는 멍하니 그 장면을 바라보고 있었다.

"로드시여? 무얼 보고 계십니까?"

라이라는 고개를 갸웃했다. 그녀는 정령을 볼 수 없으니 당연한 반응이었다.

"히히. 귀엽게 생겼다아."

하지만 이그닐은 달랐다.

놀랍게도, 이그닐은 정령을 만질 수도 있었다.

크투가는 전신이 불로 휩싸인 50대 남자로 보이는 형상을 하고 있었는데, 그 크기는 이그닐과 비슷했던 것이다.

이그닐이 크투가의 수염을 마구 잡아당겼다.

-얘는 또 뭐야! 어떻게 용이 나를 만질 수가 있는 거지?

"이그닐은 얘가 아니야. 이그닐이야."

-인간의 모습을 한 용이라니, 오래 살고 볼 일이군. 아무튼 그만 만져라.

"싫어!"

-뭐, 이 자식아?

"귀여워!"

-그, 그래? 귀엽단 말이지? 험험. 그럼 조금 더 만져라.

뭐지?

이 입 싼 정령이 정말 크투가라고?

-크투가 님, 한데 여기서 무얼 하고 계셨습니까? 정말 오랜 시간을 저와 다른 아바타르들이 찾아다녔습니다만······.

-이야기가 길다. 짧게 말하자면 나 역시 봉인됐다. 오로지 '

태양왕'만이 나를 풀어줄 수 있지. 하지만 초대 태양왕 이후 이 모질이 놈들은 여태껏 나를 제대로 보지도 못했어. 내 형상만 얼추 훔쳐보는 정도였지. 그러니 묻겠다.

크투가가 이그닐에게 수염을 잡아당겨진 상태로 나를 바라봤다.

그러곤 약간의 기대를 담아선 말했다.

-내가 보이냐?

보인다. 수염의 형태, 눈동자의 모양, 머리카락의 개수까지 셀 수 있을 정도로 뚜렷하게 보였다.

하지만, 답을 해줘야 하나?

프투가의 상위 정령, 살아 있는 불꽃 그 자체인 크투가!

프투가의 언행을 보면 확실하다.

분명히 그가 '신의 자취'였다. 역대의 태양왕들은 크투가의 형태를 읽곤 그것을 '신의 자취'로 규정해 버린 것이겠지.

그렇다면 시련은 이미 깬 거나 다름이 없다.

문제는 '봉인'되어 있다는 것.

이곳엔 나의 우호적인 세력이 없으니 지금 잘못 엮였다간 골치만 아파질 수도 있었다.

-이 자식아, 내가 보이냐고!

-크투가 님, 그는 모든 정령을 볼 수 있습니다.

-아냐, 정령을 보는 역대 태양왕이 없었던 줄 아나? 그래도

나는 못 보더라. 내 '격'을 따라온 놈이 없기 때문이겠지. 모질이 놈들 같으니.

실망 가득한 어조로 혀를 찬 크투가 내 주변을 빙글빙글 돌았다.

나는 그쪽으로 전혀 시선을 주지 않았고, 한참을 생각한 뒤에야 고개를 끄덕였다.

"보인다."

-늦잖아! 보이면 보인다고 빨리 말하라고!

위험부담은 있지만 '신의 자취'의 봉인을 풀고 더욱 인정받는 계기가 될지도 모른다.

내가 언제 정해진 길을 걸은 적이 있던가.

일단 부딪치고 보는 게 어느덧 일상이 됐다.

"전형적인 아저씨의 모습이로군."

-이 모습은 내가 인정한 남자의 것이다. 그나저나 내 모습이 정확하게 보인단 말이지? 그렇다면 어서 봉인의 해제를……

"내가 왜 그래야 하지?"

-네가 계약한 프투가에게 힘을 준 게 나다. 내 봉인을 해제하면 너에게도 마땅히 엄청난 힘을 주마. 어떠냐, 끌리지?

"전혀."

엄청난 힘?

그야 최상급 정령의 힘이라면 구미가 당길 만하다.

하지만 그 하나의 힘으로 지금의 상황을 타파하기엔 많이 부족했다.

아니, 설령 그 힘을 준다고 하더라도 거의 필요가 없었다.

최상의 정령의 힘조차도 지금 우리엘 디아블로의 무력을 뛰어넘진 못하는 탓이다.

크투가가 이맛살을 구겼다.

-내 제안을 거절하다니. 욕심이 많구나. 좋다. 그럼 '진화의 정수'를 주마. 네놈의 부하들을 더욱 강하게 만들어줄 수 있지. 사천왕인지 뭔지 하는 놈들도 가볍게 꿇릴 수 있을 것이다.

"필요 없다."

진화의 정수. 그게 뭔지 대충은 이해가 간다.

하지만 나 역시 '진화의 힘'을 갖고 있었다. 그리고 진화의 힘이 만능이 아니라는 것도 안다.

크투가는 진화를 하는 데 시간이 걸리고, 노력도 필요하단 말을 교묘하게 숨긴 것이다.

크투가의 표정이 더욱 어려워졌다.

-네가 몰라서 그러는데 내가 가진 '진화의 정수'는 신들도 매우 탐을 냈던 것이다. 이건 정말 엄청난 특혜라고. 거절하면 네놈은 바보 천치다.

나는 어깨를 으쓱해 보일 따름이었다.

그러자 옆에 있던 프투가가 조심스럽게 크투가에게 다가가 말했다.

-크투가 님, 실은…… 그 역시 '진화의 힘'을 가지고 있습니다.

-뭐? 마족이? 그럴 리가 없는데?

-여러 차례 제 눈으로 확인했습니다.

-정말? 거짓말 아니고? 허풍 조금 섞어서 그러는 거 아니고?

-아닙니다.

-이런 젠장. 어떻게 마족이 멸망한 애시르 신족 중에서도 소수만 가지고 있는 권능을 갖고 있는 거야?

진화의 힘이라는 게 본래는 애시르 신족의 고유 권능 같은 것이었나 보다.

그런데, 잠깐.

멸망한 애시르 신족이라니?

'애시르 신족이라면 북유럽의 신들일 텐데.'

오딘이나 토르와 같은 신들이 바로 애시르 신족이었다.

요르문간드와도 인연이 깊은 자들.

하지만 요르문간드는 오딘에게 맹렬한 증오를 품고 있었다. 그녀가 살아 있었으니, 오딘이나 토르도 있을 줄 알았건만.

"멸망했다는 게 무슨 말이지?"

-뭐야, 라그나로크도 모르냐? 라그나로크는 모든 차원에서

공통으로 존재하고 있을 텐데. 쯧쯧, 공부를 덜했구만.

"요르문간드와 에기르가 건재했다. 그런데 신들이 멸망했다니, 믿기지 않는군."

-다 가짜지. 하지만 걱정 마라. 이 몸은 진짜니까. 으하하!

"가짜……?"

-위그드라실에서 만들어진 모조품들이다. 이제 태양왕이 됐으니 너도 '그곳'에 들어가면 진실을 알게 되겠지.

모조품이란 단어가 크투가의 입을 타고 흘러나왔다.

이어, 크투가가 눈을 빛내며 말했다.

-하지만 너는 유일하게 이 몸을 보았으니, 특별히 '그곳'에도 없을 진실을 알려주마. 아직 살아 있는 '신'이 하나 있다. 그는 본래 인간이었으나 죽은 뒤 신의 반열에 올랐지. 혹, 헤라클레스라고 아느냐?

"안다."

헤라클레스. 그리스 신화에서 최고의 영웅으로 묘사되는 남자다.

그 이름이 크투가의 입에서 튀어나올 줄은 전혀 예상조차 하지 못했다.

오딘과 토르가 북유럽 신화라면, 헤라클레스는 남유럽에서 파생된 신화의 이야기이기 때문이다.

균열이 생기고 모든 신화나 전설들이 세계와 혼합되었다는 건 이해했지만 그 모두를 크투가가 알고 있을 줄이야.

-나는 그를 한 번 본 적이 있지. 위그드라실의 위조품들이 나오기 전의 일이니, 그가 진짜 신성을 가진 신일 것이라고 추측만 하고 있는 거지만. 어쨌든 지금 그의 신성은 '위대한 별'의 모태가 되었다.

"위대한 별은 루시퍼가 아니었나?"

-그것도 루시퍼를 본 따 만든 가짜지. 그 태를 유지하고 있는 건 결국 헤라클레스의 신성이야. 그 속에서 그는 살아 있다. 크흐흐, 이걸 아는 건 극소수밖에 없어. 넌 운이 좋은 줄 알아라.

"별 영양가 없는 소리로군."

진짜든, 가짜든 결국 모든 건 '위대한 별'로 귀결된다.

나는 그것을 부수고 정상적인 현상을 되찾을 생각이었다.

그러나 크투가는 고개를 저었다.

-전 차원 어딘가에, 그의 생전 육체가 있을 것이다. 몇몇 존재가 그의 육체를 찾아 나섰지만 결국 못 찾았거든. 찾을 수만 있다면 엄청난 일이 벌어질 거다.

"네가 탐을 낼 정도로 엄청난 일이 가능한 건가?"

크투가. 모든 불의 정점인 그가 탐욕적인 목소리를 냈다. 그러니 그 '엄청난 일'이라는 걸 한 번쯤은 들어도 나쁘지 않을 듯싶었다.

-암, 그렇고말고. 그 육체에 걸맞은 영혼을 넣기만 해도 그 즉시 반신급의 힘을 얻는 것이다. 내가 만났을 당시의 그는 이미 육체를 벗어던진 상태였지만, 몇 개의 영혼을 데리고 있었지. 분명히 하나는 현장(玄奬)이라 불렀던 것 같은데…….

"……."

잠시 할 말을 잃었다.

현장? 내가 아는 그 현장이 맞나?

태을무극심법에서 내게 가르침을 내려주던 목소리의 정체가 현장, 삼장법사라 불리는 존재였다.

그리고 그가 깃든 육체는 천마라 불렸다.

나는 천마의 육체가 어디에 있는지 안다. 나찰산 100층, 현계에 있었다.

그의 육체를 본 순간 '완벽하다'는 인상을 받긴 했다. 이보다 더 완벽한 신체는 없을 거라고 생각했다. 하지만, 영혼을 넣는 건 쉽지 않은 일이다.

'들어가는 순간 산산조각이 나겠지.'

그만큼 뛰어난 육체다. 맞는 영혼을 구하는 것조차 힘들 정도로.

"그 정도로 뛰어나다면 웬만한 영혼은 버티지 못하겠군."

-뭐, 그건 그렇지.

"네가 들어간다면 어떨까?"

-나 말이냐? 이 몸이라면 당연히 초특급이다. 아무리 대단하다 하더라도 움직일 수 있지.

역시. 왜 뜬금없이 그 말을 꺼내나 했더니, 욕심을 내고 있었던 모양이다.

정말로 가능하다면, 최상급 정령 몇 마리로도 해낼 수 없는 힘을 얻게 되는 것이다.

"그럼 봉인을 풀어주고 헤라클레스의 신체를 준다면 나를 따를 수도 있겠군."

-크하하! 그게 가능하면 무엇이든 못하랴. 하지만 불가능하다. 아주 깊은 곳에 봉인이라도 해둔 모양이니까. 이곳 심연엔 없어.

"계약을 하지. 그의 신체를 가져오면 군말 없이 나를 따르기로."

-당장 봉인을 해제해 준다는 전제는 당연히 붙겠지?

"그래."

-푸하하하! 이거 오래간만에 재밌는 놈이 나타났군. 오냐, 가져만 와라. 내가 네놈 똥구멍도 핥아줄 수 있다.

정말 크투가가 맞는 건가? 어째서 아저씨의 모습이 이토록 연상이 되는 건지.

"……필요 없다."

-혹여나 말을 바꾸면 안 되니 완전한 계약을 해야겠군. 어

디 보자, '영혼 계약'을 맺는 게 좋겠어. 어기면 소멸된다. 그런 조건을 붙이면 무조건 지켜야 되지.

그는 절대로 내가 신체를 구하지 못할 거라 여기는 듯싶었다.

크투가는 승리자의 미소를 지어 보였다.

스스로 노예가 되는 계약을 걸고 있다는 것조차 모르고서.

신의 자취를 찾는 시련을 완료했다.

그의 자취, 크투가에게서 나오는 '불'을 붙여다가 교단에 보이자 교주 코로나가 고개를 끄덕였다.

"신의 불꽃이 맞군요. 훌륭합니다."

그의 주변엔 몇몇 군단장도 있었다. 그중 제1군단장이 즉각 목소리를 높였다.

"그냥 불을 붙여온 게 아닌가? 어떻게 그게 '신의 자취'인지 알 수 있는 거지?"

"신의 불꽃은 한번 붙여두면 꺼지지 않습니다. 이 작은 나뭇가지에 계속해서 모습을 보이고 있는 게 증거입니다."

교주는 나름 객관적으로 판단하고 있었다.

아무런 조언도 해주지 않았지만, 결과물을 보이자 그래도 수긍하고 있는 것이다. 1군단장과는 다르게 말이다.

"다음 시련은 '신조 람'의 인정을 받는 것입니다."

"가장 쉬운 시련이 되겠군."

"그 뒤에 마족들 앞에서 연설을 해야 합니다. 그들의 마음을 움직여야 진정한 '태양왕'으로 인정받을 수 있습니다."

연설, 연설이라.

마족들의 마음에 맞는 연설을 할 자신은 없었지만, 어차피 모든 시련은 만족한 뒤다. 게다가 마족들도 나에 대한 기대가 없을 거고.

그냥 으레 겪는 관례일 것이었다.

그보다 중요한 건…… 군단장들.

배신자를 가려내고 내 편이 될 자들을 골라야 한다.

'요르문간드의 상태도 확인할 수 있으면 좋을 텐데.'

갑자기 계약이 끊겼다.

당장에라도 달려가고 싶지만, 운명의 선이 끊기며 위치를 특정할 수도 없어진 데다가 무엇보다 여력이 없었다.

당장은 태양왕이 되는 데 주력해야 했다.

그 뒤에 그녀를 찾자.

요르문간드도 내가 도중에 일을 그만두는 걸 바라진 않을 터였다.

"역대 태양왕들의 연설문을 볼 수 있나?"

"예, 준비해드리겠습니다."

그나마 다행이었다. 대충 보고 대충 비슷하게 하면 되겠지.

최악이었다. 연설문들 모두가 형편없었다.

'이건 뭐 따르라, 그리하면 보일지니가 전부네.'

모조리 부수고, 파괴하며, 죽이라는 말이 전부였다.

역대 태양왕의 연설문 대부분이 그랬다. 어쩌면 초대부터 이어진 관례가 이런 거였는지도 모르겠다.

하지만 영 마음에 들지 않는다.

'조금 고쳐야겠군.'

나는 여러 가지 연설문들을 떠올려 보았다.

인류가 존폐위기에 직면했을 때. 모두를 하나로 모을 필요가 있었을 그때.

수많은 위인이 나타나 연설로 사람들을 끌어모았다.

그중 가장 인상적이었던 건 '인류여, 일어나라'였는데, 언뜻 히틀러의 연설문과 비슷해서 논란이 많았다.

하지만 이들은 마족. 오히려 이쪽이 어울릴지도 모르겠다.

'가장 중요한 건 퍼포먼스지.'

대충하려 했지만, 조금씩 진지하게 임하기 시작했다.

백색으로 인해 첫인상은 별로였지만 연설에서 조금은 만회할 수 있을 수도 있었다.

그러니 이왕지사 이렇게 된 거 보다 화려하게, 보다 진지하게 그들을 사로잡을 열연을 펼치겠노라고 다짐한 것이다.

연설은 칼과 같은 것이다.

잘 쓰면 좋은 요리를, 잘못 쓰면 거대한 재앙을 불러오는 칼.

그리고 나는 지금 칼날 위에 서 있었다.

'많군.'

정면을 바라봤다.

이곳, 태양신을 모시는 탑의 가장 위에서.

200층 높이는 되어 보이는 거대한 탑의 아래에 빼곡하게 들어선 마족들. 족히 수백만, 어쩌면 그 이상일지도 모르겠다.

그들이 이곳을 찾은 건 오로지 하나. 내가 얼마나 '실패작'인지 확인하기 위해서다.

연설?

'그다지 듣고 싶은 이는 없겠지.'

기껏해야 라이라 정도일까.

내가 얼마나 많은 준비를 하고 이 무대에 섰는지 가장 잘 아는 게 그녀였다. 지난 며칠간 나는 오로지 단 하나의 '집중'을 만들고자 심혈을 기울였다.

하지만, 아무도 나에게 기대하고 있지 않다. 역대 최악의 태양왕을 먼발치에서 보고자 모인 것일 뿐. 내가 하는 말은 한 귀로 들어가서 반대편 귀로 빠져나올 것이다.

집중하는 마족은 없다.

그래서…… 더 편하다.

'역설적이지만.'

기대가 없다는 게 이토록 편한 것이었나?

내가 무슨 실수를 해도, 무슨 말을 뱉어도, 더 이상의 최악이 없다는 게 이처럼 안락하고 느긋한 것이었던가.

"역대의 왕들께선 지니신 마력을 풀어헤쳐 위압감을 보이셨습니다."

교주가 옆에서 넌지시 말했다. 역대의 교주들 모두가 그러했다고. 단 하나도 탈선하지 않았노라고.

마족들은 힘의 논리를 따른다.

그러니 나도 마땅히 그래야 할지 모르겠으나, 내가 바라는 건 더욱 '극적인' 효과다.

나에 의한, 나만을 위한 집중.

그들의 뇌리에 온전히 나의 이름을 때려 박는 것!

그저 그런 왕이 되어선 전세를 뒤집을 수 없다. 그들의 마음을 움직일 수 없다.

칼날의 끝은 나를 향하게 될 것이다.

"얼마나 형편없는 마력일지 기대되는군."

"일전의 태양왕의 마력은 제법 매서웠지."

"하지만, 백색의 왕이다. 기대도 되지 않아."

"수많은 '도전자'에 파묻혀 죽겠군. 쯧쯧."

마족들의 웅성거림이 내 귓가에도 들려왔다. 그들의 비웃음 섞인 악의는 예상하고 있던 것보다 훨씬 더 커다랬다. 기회가 생긴다면 가차 없이 내 목을 물어뜯을 준비가 되어 있었다.

'마족은 호전적이다.'

알고 있다.

알고 있기에 도리어 마음이 편안하다.

보이지 않는 칼날보단 눈앞에 보이는 칼날이 백배는 나았다.

게다가 내 머릿속에 깃든 수많은 연설. 그 연설들은 그들을 구원하고, 파멸로 밀어 넣으며 수많은 결과를 창조해 냈다. 하지만 그들이 사용한 단어에는 힘이 있었으며 듣는 이의 가슴에 분명히 '울림'을 선사했다.

나는 지금부터 그 '울림'을 만들어야 한다. 그것도 인간과는 태생부터 다른 마족들을 상대로.

그러기 위해선 기세에서 밀려서는 안 된다.

천천히, 오른쪽 손을 들었다.

화르르르르르르르륵!

"뭐, 뭐야?"

"불덩이?"

"태양…… 태양이다!"

내 손을 따라 천천히 나의 등 뒤로 거대한 태양이 떠올랐다.

태양신을 모시는 마족들. 정작 진짜 '태양'을 본 적 없는 마족이 대다수이며, 선택받은 마족이라 할지라도 태양 앞에 무릎을 꿇었다고 한다.

아이러니한 이야기다. 자기들이 모시는 것의 실체조차 모르는 자가 대다수라니.

그래서 더욱 효과적이다. 태양의 모습을 구현한 저것은 다름 아닌 '크투가'였다.

크투가. 살아 있는 불. 불 그 자체인 정령!

"저, 저건……!"

교주조차 놀라고 있었다. 그의 반응으로 보아 이 '퍼포먼스'가 성공적이라는 걸 직감했다.

비록 진짜 태양보다는 훨씬 작지만, 그 존재감은 능히 모조품의 자격을 갖추고 있었다. 말하자면 모조품의 품격이라고 해야 할까.

또한 태양은 정확히 나의 등 뒤로 솟아 내게 조명효과를 주었다. 그리고 모든 생물의 눈은 '빛'을 따라가게 되어 있었다.

입을 열었다.

"위대한 태양의 지침을 따르는 동지들이여!"

동지들이여!

나는 나의 위압감을 내비치지 않았다. 내가 그들에게 바란 건 '동질감'이다. 동질감만큼 호소력이 강한 것은 없기 때문이다.

연설의 꽃은 호소다. 호소력이 강할수록 그 힘은 증대하며 모두에게 울림을 낳는다. 명성을 떨친 연설가들은 그 '호소'를 무기 삼아 인류를 이끌었다.

나는 지금부터 그들에게 호소할 생각이다.

"우리는 아주 중요한 갈림길에 서 있다. 하지만 갈림길의 끝에는 거대한 영광이 기다리고 있을 것임을 나는 알고 있다. 나는 그대들의, 동지들의 가능성을 믿기 때문이다."

낮지도 높지도 않은 자세를 유지한다. 목소리의 톤, 피부의 떨림조차도 내 스스로 컨트롤해야 했다.

마족들은 어리둥절한 표정이었다.

그들은 내가 무슨 말을 하고 있는지 알 수 없다는 듯 고개를 저어댔다.

그러나 적어도…… 그들의 시선을 끄는 데에는 성공했다.

"하지만 우리의 가능성을 믿지 않는 자들이 있다. 그들은 실로 시시하고, 앞과 뒤가 다르며, 별 볼 일 없는 이유를 들어 우리를, 우리의 신을 폄훼하지!"

부르르르!

몸을 떨었다. 격하게, 감정에 몸을 던진다.

본래 나는 무신론자다. 신을 믿지 않는다. 하지만 이곳의 마족들은 태양신을 믿고 따른다. 그러니 지금 이 순간만큼은 나역시도 그들과 같은 부류가 되어야 한다.

신을 폄훼한 자는 적이다. 나는 독실한 신자이며 그들의 대변자다. 그것은 지금 내 뒤에 떠오른 태양이 증명한다.

화르르르르르르륵!

태양의 불길이 더욱 강해졌다. 나의 감정에 동화하듯, 세상을 집어삼킬 것처럼.

역대의 태양왕들은 자신을 과시했다. 그들의 교리, 그들의 근본인 '태양'을 저버려 두고 오로지 자신만을 따르라고 강요했다.

그래서 이곳의 마족들은 태양왕을 따를지언정, '존경심'이 없었다.

전대의 태양왕이 죽어도 아무도 슬퍼하는 자가 없지 않나.

그 누구도 전대의 태양왕을 기리는 자가 보이지 않는다. 마음 깊숙한 곳에서 우러러 나오는 떨림이 없어서다. 그들의 마음 깊은 곳에 박혀 있는 것을 간질여준 왕이 여태껏 없었기 때문이다.

"태양신께선 분노하고 있다. 그들의 어리석음에 진절머리를 치고 계신다! 하지만 우리는 어떤가? 우리는 그분의 분노에 응답하지 않았다."

눈을 부릅떴다.

끼아아아아아아악!

그에 맞춰 신조 람이 울부짖었다. 태양의 주변을, 나의 위를 돌며 모두에게 경각심을 일으켜 세웠다.

"그 결과 우리는 어찌 되었던가? 심연은 본래 태양신의 것이었으며, 그 권한은 적통인 우리 자신에게 있다. 하지만 사천왕이라 울부짖는 개, 돼지보다 못한 가짜들에게 주도권을 넘겨주었다!"

심연의 패주. 그 자리를 놓아줘서 되겠느냐?

태양신의 적통, 그 아들 된 도리로서 창피하지 않느냐!

전대의 왕들과 같은 말이었지만 중심이 다르다. 나는 어디까지나 태양신을 중점에 두고 있었다. 그저 죽이고, 멸망시키라는 말이 아니라.

"우리는 다시금 일어서야 한다. 비록 우리는 이 울타리 안에 있지만 태양신은 심연의 모든 것을 내려다보신다. 그 부름에 우리는 응답할 필요가 있으며, 그래야만 비로소 불신자들을 몰아내는 위업을 세울 수 있을 것이다."

아직 끝이 아니다.

"동지들이여, 각성하라! 위대한 시간이 이제 시작되었다. 우리는 눈을 떴다! 언제까지 눈을 감은 척 방관할 셈인가? 나는 알고 있다. 나의 동지들이여, 그대들도 계속해서 고뇌하고 있었다는 것을! 하지만 단순히 바라기만 해선 우리의 세상은 오지 않는다. 우리는 언제나 울타리 안에 갇혀 있어야 할 것이다. 그러길 바라는가?"

두근! 두근!

심장이 저려왔다. 이곳에 모인 모든 이의 심장이 거칠게 뛰기 시작했다.

울타리를 부숴라.

바깥의 적이 아닌, 내부의 나 자신을 각성시키는 거다.

이러한 관점은 그들로서도 처음 접하는 것. 적어도 작은 파문 하나쯤은 생기게 만들기 충분할 터였다.

"우리의 신을 폄훼하는 가짜들에게 우리는 몇 번이든 소리쳐야 한다. 단합하여 한 가지 목소리를 내어야만 한다! 결코 굴하지 말며, 불신자들에게서 등을 돌리지 말라. 단합하라. 그리고 복종하라. 신의 이름 아래!"

"……"

투박했다. 어쩌면 촌스러워 보일지도 모르겠다.

하지만 나는 그들의 감정에, 그들의 신앙에 호소하고 있었다.

또한 그들의 승리하기 위한 길에 내가 있음을 분명히 밝혔다.

태양신의 아들. 단순한 왕이 아닌 신이 되어 이곳 심연을 정벌하겠다는 의지.

받아들일까? 아니면 너무 나간 걸까?

연설장은 조용했다. 더 이상 나를 비아냥거리는 소리도 들리지 않았다

나는 가만히 등을 돌렸다. 그러자 태양이 가라앉았다.

사지가 떨렸다. 태양이 떠오른 직후 모든 게 바뀌었다.

태양교의 교주, 코로나는 자신이 느낀 게 결코 착각이 아니라고 확신했다.

'진짜 태양이 아니다. 진짜 태양은 아니지만……'

그러한 '불'은 처음 보았다. 정말로 신의 가호라도 받은 것처럼 보였다. 우리엘 디아블로. 그는 정말로 불의 사자일지도 모르겠다.

하지만 코로나가 전율을 느낀 건 태양이 떠올라서가 아니다. 그는 좌중을 휘어잡았다. 모든 이가 입을 닫고 그의 말을 경청했다.

역대의 어느 왕들도 신을 자신보다 위에 두진 않았건만.

도리어 신보다 자신을 우상화하는 경우가 많았다.

힘의 논리로 돌아가는 심연이니만큼 당연한 것이지만, 우리엘 디아블로는 달랐다. 분명히 달랐다.

'그는 우리에게 물음을 던졌다. 명령이나 증오 같은 게 아닌, 믿음에 대한 의문을.'

여태껏 단 한 번도 접근하지 않았던 방식이다. 누구도 의문을 가지지 않았던 그러한 부분에 그는 직격탄을 던진 것이다.

우리들의 안일함으로 인해 신의 이름이 더럽혀진 게 아니냐고.

맞는 말이다.

하지만 역대 왕들은 모두 신자들을 박해했다. 형식상의 문제로 인하여 교주인 코로나를 남겨두고 있을 뿐이었다.

그래서…… 그의 발언은 코로나에게 있어 더없이 충격적이었다.

'누가 왕이 되어도 상관은 없었다. 어차피 누가 되든 똑같았으니까.'

군단장들에게 협력한 것도 같은 맥락이다. 군단장들은 이 성에서의 실세였고, 새롭게 즉위한 태양왕은 언제 쓰러질지 모르는 초개와 다를 바 없었던 탓이다.

그것은 지금도 마찬가지다. 하지만 코로나는 군단장들에게 협력한 것을 후회했다.

'그는. 그분은 다르다. 진정으로 신의 사자가 되고자 하신다.'

아아!

발언 내내 그는 스스로를 낮추고 있었다. '동지'라는 심연에선 거의 쓰지 않는 단어까지 거침없이 내뱉으며 말이다.

태양교의 교주, 코로나는 비로소 눈을 뜬 기분이었다.

'단합! 맞다. 우리는 단합되어야 한다. 태양신의 아들인 우리가 언제부터 강자와 약자를 나누었던가? 오랜 시간 우리에게 주어진 의문은 바로 그것이었다.'

이곳 심연에서 유일하게 신을 믿고 따르는 게 이곳이다. 수백만 마족이 태양교의 교리를 믿고 따르지만 이곳이 심연인 탓에 잊고 있었던 것이었다.

그래서 누가 왕이 되어도 개의치 않았다. 약자는 죽거나 잡아먹혔고, 강자도 결국은 스러지게 마련이었으므로.

영원불멸하게 남은 왕은 단 하나도 없었다. 왜냐하면 그들은 오만했기 때문이다. 그들은 결코 자신을 낮추지 않았기 때문이다. 그들은 신을 자신의 아래에 두려고 했기 때문이었다.

그래서 단순히 '태양왕'일 뿐. 본인의 이름을 남긴 왕은 없었다.

'나와 같은 생각을 가진 자들이 있을 것이다. 그들을 모아서

그분의 힘이 되어드려야 한다.'

코로나는 눈을 감고 그가 보았던 광경들을 재차 떠올렸다.

어쩌면 최초로 영원불멸한 왕이 탄생할지도 모른다고 생각했다.

그가 정말로 신의 지침을 따르고자 한다면, 코로나는 전력을 다해 도울 것이었다.

설령 칼날 위에 선 위태로운 상황이라 할지라도 말이다.

코로나는 상기된 표정으로 눈을 떴다.

그리고 새로 즉위한 왕을 맞이하면서도 결코 뛴 적이 없던 그가 어느 때보다 빠르게 발걸음을 움직이며 뛰기 시작했다.

-대단한 사기꾼께서 납셨군.

나를 본 크투가가 간단하게 품평했다.

사기꾼이라. 나쁘지 않은 어감이다.

"덕분에."

-이제 약속대로 내 봉인을 해제해 줘라.

크투가를 끌어들인 건 성공적이었다. 크투가가 태양의 흉내를 내줬기에 조금 더 원활하게 퍼포먼스를 진행할 수 있었다.

과연 얼마나 큰 효과로 돌아올지는 미지수지만, 없는 것보단 나왔다.

"뭘 하면 되지?"

-이곳 탑의 깊숙한 곳에 내 발목을 잡고 있는 봉인구가 있다. 그 봉인구 때문에 나는 이 성을 벗어나지 못하지.

"그 봉인구는 태양왕만 풀 수 있는 모양이로군."

-맞다.

천천히 탑을 내려간다. 연설이 끝난 직후. 아무도 나를 붙잡는 이는 없었다. 지금이 크투가의 봉인을 풀 기회라면 기회였다.

"대체 누가 있어 너만 한 존재를 봉인한 거지?"

크투가가 태양의 흉내를 낼 때, 그의 품격은 진짜였다. 그걸 본 직후에야 어째서 그토록 강대한 존재가 봉인되어 있는 것인지에 대해 의문이 생겼다.

크투가는 고개를 돌렸다.

-태양신이다.

"태양신? 그게 정말 실존한다고?"

-열심히 그에 대해 연설하지 않았느냐?

"사기꾼의 연기였지. 정말 믿지는 않아."

-흠, 물론 진짜 태양신은 아니다. 그 역시 가짜였다.

가짜. 만들어진 존재.

위그드라실에서 그러한 일이 있었다는 걸 크투가가 말한 적이 있었다.

-진짜는 허무 속에 갇혀 있지. 하지만 가짜라도 진짜의 의지를 가지고 있더군. 내가 불장난 좀 쳤기로서니 남은 소망의 힘을 이용해 나를 이곳에 가둬 버린 거다. 가짜 주제에 감히 나를 소멸시킬 순 없으니 말이야.

"불장난을 좀 크게 친 모양이군."

-내 불과 놈의 불 중 누가 더 강한지 알고 싶었을 뿐이다. 불은 힘, 불은 근원, 불은 모든 것! 그 자체인 내가 고작 만들어진 불 따위에 질 수는 없지 않겠나?

역시 이놈은 정상이 아니다.

"이겼나?"

-크하하! 자기가 감당을 못하니 나를 가둔 것 아니냐? 꼬리를 말고 도망친 것이야!

그리 말할 줄 알았다.

그다지 중요한 이야기는 아닌 듯싶어 어깨를 으쓱하곤 말았다.

이후 얼마 걷지 않아 크투가 다시금 말했다.

-이 이상은 나도 내려갈 수 없다. 나를 봉인한 것이 나의 접근을 막고 있다.

"너를 막는다고?"

-엄청난 성유물이라도 되는 거겠지. 빌어먹을 가짜 놈. 다음

에 만나면 잘근잘근 씹어 먹어 버려주마!

"그럼 내가 그 성유물이라는 걸 어떻게 찾지?"

-내 불꽃이 안내해 줄 거다.

크투가가 고개를 저었다. 분한 듯 불꽃의 크기가 더욱 커졌다.

이윽고 그 불꽃 중 아주 작은 부분이 떼어져 내 앞을 맴돌기 시작했다. 그러더니 불꽃은 다시금 작은 정령으로 화했다.

'대단하군.'

최하급의 정령이지만 단순히 불꽃만으로 만들어낸 것이다.

진화만이 아니라 어쩌면 창조의 힘까지 가지고 있는 건 아닐까?

어찌 됐든 혼자 내려가라는 말. 고개를 끄덕였다.

엄청난 성유물이라는 말에 궁금증도 생겼다.

'근원의 정령을 봉인시킬 정도의 물건이라.'

그게 정말로 대단한 것이라면 더욱 욕심이 생긴다.

'그나저나 이곳 지하는 특히 관리가 안 되고 있어.'

게다가 지하로 내려갈수록 감시도 허술해졌다. 연설이 끝난 직후여서라 하더라도 지나치게 허술하다. 지키는 마족 자체가 보이지 않았다.

관리도 되지 않은 듯 곳곳이 무너지거나 마모된 상태였다. 이런 곳에 그런 엄청난 성유물이 있다는 게 쉽사리 믿기지 않을 정도였다.

아니, 이로써 확실해졌다. 역대 어느 태양왕들도 태양교를 반기지 않았다는 걸.

'박해를 받은 건가?'

짧은 시간 동안 이곳에 머물며 깨달은 건 태양교의 영향이 그다지 크지 않다는 거다. 교주인 코로나 외에 신도들이 거의 보이지 않았다. 그저 '형식상'으로 남겨두고 있다는 느낌이 강했다. 그래서 그러한 연설을 준비한 것이었지만 생각보다 견제가 심한 듯싶었다.

"왕이라고 하여 이 문을 열 수는 없습니다."

아예 아무도 없는 건 아니었던 모양이다.

비렁뱅이…… 해질 대로 해진 옷을 입은 마족 하나가 그곳에 있었다.

퀭한 눈, 역한 냄새, 병이라도 걸린 듯 인상조차 새파랗다.

"너는?"

"이름 없는 방랑자입니다. 지금은 잠시 이곳에 머물러 있지요."

"왜 내가 이 문을 열 수 없다고 생각하는 거지?"

"'믿음'이 없기 때문입니다."

믿음?

뚱딴지같은 소리였다.

살짝 눈살을 찌푸리자 마족이 말을 이었다.

"역대의 어느 왕들도 이 문을 열지는 못했습니다. 그리하여 버려졌고, 그리하여 잊혀졌지요."

"태양교의 교주라면 제법 건실한 믿음이 있을 텐데."

"교주는 따르는 자. 이 문을 열 '권한'까진 없습니다."

비렁뱅이 마족이 하는 말치곤 骨가 있다. 단순한 마족은 아닌 듯싶었다. 하지만 그에게서 풍기는 마력은 극히 희미했다. 거의 죽어가는 시체와 다를 바가 없었던 것이다.

나는 마족을 무시하곤 문 가까이로 다가갔다.

왕만이 열 수 있는 문이지만, 정작 어떤 왕도 열지 못한 문. 모순이 따로 없었다.

그리고 천천히 문고리로 손을 옮기자.

쿠우웅!

튕겨져 나갔다.

엉거주춤한 자세로 나는 얼굴을 더욱 구길 수밖에 없었다.

'튕겨졌다고?'

오한성이 아닌 우리엘 디아블로의 신체다. 강화가 될 대로 된, 무엇을 해도 중간 이상은 하는 강자의 육체였다. 그런데 저항할 틈도 없이 튕겨졌다. 엄청난 반발감이 있었다.

쿠우우웅!

몇 번을 도전해도 마찬가지였다. 마력을 둘러보고, 검으로 내리그어도 봤지만 소용이 없었다.

"다시 오지."

하지만 방법이 없는 건 아니다.

내겐 모든 문을 열 수 있는 만능키가 있었다.

'이그닐.'

이그닐은 열쇠다. 이그닐이 못 여는 문은 여태껏 없었다.

시간과 공간을 넘어서, 내가 있는 곳 어디라면 이그닐은 도달할 수 있었던 것이다.

나는 다시금 이그닐과 함께 탑을 내려갔다. 하지만 탑의 지하를 본 이그닐은 고개를 갸웃거렸다.

"아무것도 없는데?"

"없다고?"

"응! 이그닐 눈엔 아무것도 안 보여요. 아빠, 뭐가 있어요?"

이그닐이 거짓말을 할 리는 없었다.

문도, 그리고 문의 옆에 선 마족도 보이지 않는다는 것이다.

하지만 분명히 내 눈엔 보였다. 내 앞에 있었다.

"자격이 없는 자들은 저와 문을 볼 수 없습니다."

죽어가는 마족이 말했다.

"망자인가?"

"잠시 이곳에 머무르는 방랑자일 뿐입니다."

잠시 생각에 잠겼다. 다른 이들의 눈에 보이지 않는 존재. 정령과 같은 듯싶으나 정령은 아니었다. 정령이었다면 내가 몰라볼 리 없었으니까.

하지만, 망자라니? 여태껏 진짜 '귀신'은 만난 적이 없었다. 우리엘 디아블로의 꿰뚫어 보는 능력으로도 죽은 자의 혼을 보진 못했다.

"믿음이란 건 태양신에 대한 믿음을 말하는 거냐?"

"모든 것에 대한 믿음이지요."

"선문답이 따로 없군."

제대로 답해줄 생각은 없는 듯싶었다.

고개를 저으며 거대한 문을 바라봤다. 아카식 레코드, 모든 비밀을 훑어볼 수 있었으나 이 문만은 미지였다.

믿음. 믿음이라.

태양신에 대한 믿음이라면 안타깝지만 내게선 바랄 수 없는 것이다. 신이 존재한다 하더라도 나는 그들을 믿지 않는다. 나는 나 자신을 믿을 뿐이었다.

'열어볼 수 없는 건가?'

이곳을 열어야 크투가의 봉인을 해제시킬 수 있다. 크투가의 힘을 얻는다면 천군만마를 얻은 듯 든든해질 터였다.

하지만 열지 못하면 모든 게 도루묵이다.

"포기하십시오. 미련은 독입니다."

"열지 못하는 문은 없다. 모든 문은 열리기 위해 존재하니."

열리지 않는다면 문이 아니다. 그리고 나는 포기를 모르는 남자였다. 이 문을 열기 위한 방법이 분명히 존재할 것이었다.

"그렇다면 믿으십시오."

"나는 태양신을 믿지 않는다. 나 자신만을 믿을 뿐이야."

"정말 그렇습니까?"

미간을 구겼다. 태양신에 대한 믿음을 되묻는 건지, 아니면 나 자신의 믿음에 대한 부정을 하는 건지 알 수 없었다.

결국 나는 돌아갈 수밖에 없었다.

이어 모든 전승을 뒤져 봤지만 저 '문'에 대한 이야기는 나오지 않았다. 역대 태양왕들의 일지에도 그 비슷한 것조차 언급된 게 없었다.

삼 일이 더 흘렀다. 나는 여전히 문을 열지 못했다.

'요르문간드라면 더욱 간단명료하게 답해줬겠지.'

요르문간드. 그녀와의 '운명선'이 끊긴 이후 그녀의 행방은 여전히 묘연했다. 죽었는지 살았는지 알 수가 없었다. 하지만 그녀에겐 분명히 확고한 '믿음'이 있었다.

내가 본 누구보다도 강렬한 주관과 믿음으로 똘똘 뭉친 게 요르문간드였다. 그래서 그녀를 싫어할 수가 없었다.

하지만 내 물음에 답해줄 그녀는 이곳에 없었다.

"로드시여, 시름이 깊어 보이십니다."

"라이라."

수척해진 얼굴로 라이라가 다가왔다. 지난 며칠간 이곳은 나를 포함한 모두에게 감옥과 같았다. 왕의 궁, 그 안에 갇혀 모두에게 감시당하는 형편이었다.

배신자가 있다는 걸 아는 이상 긴장을 늦출 수 없다. 그것은 라이라도 마찬가지였다.

"고민되는 게 있다면 제게 말씀해 주십시오. 제가 도움이 될지는 모르겠지만……."

"네가 있는 것만으로도 도움이 된다."

시련을 돌파했지만 정작 나를 왕으로 인정하는 자는 거의 없다.

연설이 있은 직후 약간의 파문을 일으켰지만 그 결과가 나오려면 시간이 걸릴 것이었다.

그 시간 동안, 나는 나의 자리를 지켜야 했다. 흔들리지 않는 의지와 냉철한 눈으로 주변을 살필 필요가 있었다.

"감사합니다. 하오나, 걱정 마십시오. 이 주변에 따로 이야기를 훔쳐 듣는 자는 없습니다."

이곳에 오기 전에 먼저 주변을 살핀 듯싶었다.

나는 작게 한숨을 내쉬었다.

"바깥의 상황은 알아보았나?"

"예. 저주받은 신전에서의 전쟁 이후, 둠이 파벌을 끌어모아

단번에 팔콘을 죽였다고 합니다."

"나를 견제하는 거로군."

전이할 시간조차 쉬이 낼 수가 없어 라이라에게 전황의 보고를 부탁했다. 그리고 라이라가 전해준 내용은 충격적이었다.

둠. 그의 행동력은 정말 놀라웠다.

팔콘은 본래 태양왕과 협업 관계에 있었던 파벌의 수장.

혹여나 팔콘이 나와 힘을 합칠까 봐 미리 싹을 끊어버린 거다.

"다른 파벌들은 아무런 행동도 취하지 않고 있는 건가?"

"둠이 팔콘 진영의 힘을 흡수하자 아르하임과 제로 파벌이 일시적 동맹을 맺었습니다."

"중립의 데몬로드들은?"

"아직……."

"안달톤 브뤼시엘을 기다리는 거겠지."

안달톤 브뤼시엘이 사자왕으로 등극하기 위한 여행을 떠났다. 그가 진정한 사자왕으로 인정받는다면 새로운 지각변동이 생길 거다.

그래서 둠이 속도를 올렸다. 나와 안달톤이라는 변수가 끼어들 틈 자체를 만들지 않겠다는 의지였다.

'너무 빨라.'

제기랄. 생각 이상으로 빠르다. 이대로 간다면 머지않아 '최종 국면'에 접어들 것이다. 모든 데몬로드가 지구로 향하는 최악의 시나리오 말이다.

나도 움직여야 한다. 이곳에서 가만히 발목만 잡히고 있을 순 없었다.

그러기 위한 첫걸음이 연설이었고, 그다음이 크투가였다.

크투가와 천마의 신체는 막강한 비밀무기가 되어줄 것이다. 그러기 위해선 그 '문'을 열 필요가 있었다.

'믿음, 믿음.'

하지만 그 믿음이라는 게 정말로 애매하다. 억지로라도 태양신을 믿어보려고 했지만 여전히 문은 열리지 않았다.

가만히 라이라를 쳐다봤다.

우리엘 디아블로는 내게 그녀를 부탁한다고 했다. 그녀에게 진실을 전하라고 했다. 그녀라면 받아들여 줄 것이라고도 하였다.

그러나 나는 아직도 망설이고 있었다.

"라이라, 나를 믿느냐?"

"어느 누구보다도 믿습니다."

즉답이었다. 그녀 역시 뚜렷한 주관이 있었다.

믿음. 생각해 보면, 나는 믿음에 대한 확실한 주관이 없다. 나를 믿는다 해도 결국은 자기 위안일 따름이었다. 결국 나는 누구도 믿지 않는다. 심지어 나 자신조차도.

그래서…… 궁금하다.

그녀의 그 믿음이라는 것이.

"내가 우리엘 디아블로가 아니라면, 우리엘 디아블로의 탈을 뒤집어쓴 다른 존재라면, 그럼에도 나를 믿을 수 있느냐?"

결국 말했다.

라이라 디아블로를 믿음이란 이름의 시험대에 세운 것이다.

"저는 로드를 믿습니다."

올곧다. 하지만 저 눈빛은 내게로 향하는 것인가, 아니면 이제는 사라진 우리엘 디아블로에게 향하는 것인가.

그녀는 모르고 있다. 그래서 오해하고 있는 것일 터였다.

"나는 우리엘 디아블로가 아니다."

"……로드시여."

그제야 그녀의 표정이 굳었다.

무언가 불안함을 느낀 듯 초조하기까지 한 눈빛으로 나를 바라봤다.

정말 몰랐을까? 내가 처음으로 전이한 이후부터, 그녀는 정말로 나의 달라진 점을 몰라봤을까.

내가 쓰고 있는 가면은 얄팍하기 그지없는 것이었다.

반면에, 그녀가 갖고 있는 '기억'은 고작 그런 가면에 가려질 정도로 가볍지 않았다. 처음에는 몰랐으나 이제는 안다.

그녀가 바라고 기억하던 우리엘 디아블로의 그림자를. 어쩌면 오래전부터 이미 알아채고 있을 수도 있었음을.

"처음, 나는 혼란스러웠다. 있을 수 없는 몸을 가지고 있을 수 없는 상황에 놓였을 때. 내 고향을 부수고, 내 전우들을 죽이고, 내 모든 것을 앗아간 존재가 되었을 때의 심정은. 처참함 그 자체였지."

언제까지고 숨기고 있을 순 없었다. 그녀를 안고 가겠다고 다짐한 순간부터 이건 언제고 반드시 벌어질 일이었다.

어려운 상황이다.

태양왕이 되었으나 나는 고립되었다. 내부에서조차 누가 적인지 알지 못해 항상 등 뒤를 걱정해야 한다. 전이할 시간조차 쉽사리 나지 않았다.

유일하게 그녀만이 움직일 수 있다. 하지만 그녀는 데몬로드의 일을 완벽하게 처리할 수 없었다. 안팎으로 움직여 줄 조력자는 될 수 있을지언정 그 이상은 힘들다.

'나 자신을, 오한성을 받아들이게 해야 한다.'

믿음의 문제지만, 단순하지만도 않았다.

태양궁에선 우리엘 디아블로가, 외부에선 오한성이 움직여야 한다. 하지만 오한성인 나는 데몬로드가 아니다. 우리엘의 힘을 온전히 사용할 수 없다.

무엇보다 앞으로의 상황은 임기응변이 아주 많이 필요할 터였다.

즉시 처리되지 않으면 이 싸움, 진다. 최대한 빠르게 움직여야 했다.

그래서 그녀의 조력이 필요하다. 라이라 디아블로. 그녀가 안팎으로 도와준다면 나는 동시에 두 가지 이상의 일을 진행할 수 있을 테니까.

'시간이 없어.'

둠이 움직였다. 그는 빠르게 전쟁을 끝내려고 하고 있다. 내가 개입하기 전에. 내가 진정한 태양왕의 힘을 얻기 전에.

여기서 둠이 중립의 데몬로드들만 휘어잡는다면 무력의 균형이 단번에 무너진다. 그 즉시 전쟁은 최후의 장으로 돌입하게 될 것이다.

'그렇게 둘 순 없다.'

그래서 믿음이 필요하다. 그녀의 도움이 절실했다. 단순히 둠 때문만은 아니다. 바깥의 일도 중요하지만…… 궁금했던 것이다.

믿음이 무엇인지.

"모든 게 혼란스러울 때, 너는 내게 말했다. 전쟁에서 승리해야 한다고. 거신의 혼을 취해야 한다고."

처음 그녀를 보았을 때의 혼란을 아직도 기억한다.

우리엘 디아블로가 나고, 전율과 학살의 여왕이 그런 내게 무릎을 꿇고 있었다.

잠깐 정신이 나간 줄 알았다. 너무 두려웠기에 내가 본 환상 같은 거라도 되는 줄 알았다.

"그러나 내가 본 환경은 최악이었지. 도저히 승리할 수가 없는 구조였어. 내 동료들이 죽어 나간 게 우스울 정도로."

"그만, 로드시여. 무슨 말씀을 하시는 건가요?"

"너도 알고 있을 거다. 알면서도 외면하고 있었겠지."

그녀의 헌신은 놀라울 정도였다.

전율과 학살의 여왕?

그 이미지에 큰 괴리감이 생길 수준이었다.

하지만 그녀의 헌신 덕에 나의 생각이나 편견도 바뀌어 갔다. 라이라 디아블로를 마냥 증오할 수 없게 되었다. 그녀의 헌신을 받아들이게 되었다.

나는 천천히 입을 열었다.

"우리엘 디아블로는 100년간 잠들어 있었다. 그리고 그는 죽었다. 내게 모든 것을 떠넘기고서 도망갔다."

우리엘 디아블로.

놈은 스스로 할 수 없으니 나에게 모든 걸 떠넘겼다. 덕분에 내겐 기회가 생겼지만, 정작 그는 도망간 채로 끝났다.

끝까지 부탁한다는 말만 남기고서.

웃기는 일이다. 데몬로드. 악 중의 악. 피도 눈물도 없는 마족이 인간에게 '부탁'을 한 거다. 그것도 자기 딸을 볼모로 남기고 말이다.

라이라의 눈이 미세하게 흔들렸다.

하지만, 이제 더는 돌이킬 수 없었다.

"나는 우리엘 디아블로가 아니야. 오한성. 네가 보았던 인간…… 인간 오한성이 바로 나다."

어렴풋이, 이상하다고는 생각했다.

우리엘 디아블로. 그녀의 아버지이자 로드인 그는 냉철하지만 투박했다. 그의 방식은 언제나 일직선이었고 변수에 약했다.

하지만 100년간 잠이 들어 깨어난 이후 그는 바뀌었다.

변신이라 해도 무방할 것이다.

온갖 시련에 부딪히고 이기며 스스로가 변수를 구사해 내는 책사가 되었다.

단순히 눈의 능력을 활용하는 데 그치지 않고, 그 능력을 들키는 위험조차 감수하며 모험을 하기 시작한 것이다.

'100년 동안 새겨진 권능이야. 바뀌는 게 당연해.'

라이라는 스스로에게 최면을 걸었다. 우리엘 디아블로는 달라지지 않았다고. 단지 100년간 조금 더 많은 것을 볼 수 있게 된 것뿐이라고.

하지만 그의 행동거지, 몸짓과 말투에서 느껴지는 또 다른 존재의 흔적은 라이라를 미치게 만들었다.

그래도 괜찮다고, 달라진 건 없다고 계속해서 스스로를 다 그쳤다.

그런데…….

'오한성.'

인간 오한성. 처음 던전에서 그를 본 순간, 라이라는 본능적으로 손을 썼다. 그를 죽음 직전까지 밀어 넣었다.

이그닐이 막아서며 돕지 않았다면 즉시 목숨을 끊었을 것이다.

침입자를 죽이는 건 당연하지만, 분명히 감정이 섞여 있었다.

그 인간을 본 순간 알 수 없는 기시감을 느꼈던 탓이다.

'로드께선 인간을 아바타라 하셨지만…….'

말이 안 된다.

왕 중의 왕, 데몬로드가 고작 인간의 아바타를 사용한다?

과거 우리엘 디아블로의 성격을 감안하면 있을 수 없는 일이었다. 그만이 아니라 모든 마족도 굳이 하지 않을 도박이었으니.

아바타라는 건 본체에도 영향을 끼치게 마련이다. 약한 인간의 몸에 이상이 생기면 우리엘 디아블로의 신체도 망가진다. 그런 위험을 감수할 데몬로드는 아무도 없다.

그래도, 그럼에도 불구하고, 라이라 디아블로는 믿었다.

그녀만이 그를 이해할 수 있다고 믿어 의심치 않았기 때문에.

'여태껏 인간이 로드의 흉내를 내었다.'

가장 처음 든 감정은 분노가 아니었다.

허탈감.

전부 사실이라 생각하진 않지만, 만에 하나 그렇다면, 지금까지 자신은 무엇을 보고 있었단 말인가.

보고 싶은 것을 보고자 스스로 고개를 돌린 채 외면했던 것에 불과하지 않나.

그래서 그녀 스스로에게 화가 났다. 그 미련함에 부아가 치밀어 올랐다.

라이라는 그의 눈을 보았다.

거짓말을 하는 눈은 아니다. 진지한 자세로 담담하게 진실에 임하는 태도였다.

그리하여 묻는다.

나를 믿을 수 있느냐고!

라이라는 눈을 감았다. 오만가지 생각이 머릿속을 스쳐 갔다.

100년.

그 시간 동안, 그녀는 떠나 보낼 준비를 끝마치고 있었다.

우리엘 디아블로가 잠든 100년의 세월, 라이라는 그가 이미 죽었어도 이상하지 않다고 생각하고 있었다.

남은 건 작은 미련뿐이었다.

적어도 자신의 마음을 알아주면 좋았을 텐데. 한 번도 전하지 못해 아쉽다는 미련······.

'그래서 붙잡고 있었을지도.'

욕심은 끝이 없었다.

그가 살아나고, 마음을 전하고, 계속해서 그다음 과정을 밟기를 원했다.

100년간 쌓인 설움이 단번에 폭발하듯.

그래서 스스로에게 거짓을 말하고 외면한 거다.

어쩌면, 진짜 그가 아니어도 좋다는 생각을 이미 하고 있었을지도 모르겠다.

모든 건 미련에서부터 시작됐다. 하지만 이젠 놓아줄 때가 됐다.

라이라는 천천히 눈을 떴다.

"제 마음은······ 전해졌나요?"

그는 답하지 않았다.

하지만 무언의 긍정임을 그녀는 알았다.

"왜 제겐 한마디도 없이 떠나셨을까요. 100년을 기다렸는

데. 더 기다릴 수도 있는데……."

이윽고 라이라 디아블로가 지긋이 그를, 오한성을 노려봤다.

"그동안 재밌었겠군요. 전장의 표범이라 불리는 제가 사랑놀이에 빠져 있는 걸 지켜보고 있었으니."

"생각보다 재미가 없더군."

그는 무덤덤하기 짝이 없는 어조로 입을 열었다.

"처음엔 연기였다. 데몬로드가 되면 인류를, 지구를 구할 수 있다고 생각했다. 그래서 필사적이었지. 하지만, 인간의 입장에서 보았던 내 편견들이 너로 인해 깨지며 나 역시도 혼란을 느낄 수밖에 없었다."

그의 표정이 급격히 굳어갔다.

"고작 '사랑놀이' 따위에 나도 진심이 되어버렸으니까. 그래서 가슴 언저리에 항상 죄악감을 품었다. 나는…… 우리엘 디아블로가 아니니까."

처음부터 엇나갔다.

그의 몸짓과 말투는 연기가 아니었다.

그러자 놀랍게도, 라이라의 분노가 조금은 가라앉았다.

천둥이 치듯 정신이 번쩍 들며 다시금 그의 모습을 살피게 되었다.

"그럼…… 계속해서 죄악감을 갖도록 하세요. 죄악감을 갖고 그분의 소원을 이뤄주도록 하세요. 그분께서 그대에게……
인간에게 자신의 몸을 맡긴 이유가 있을 거라고 믿어요."

인간의 혼이 우리엘 디아블로의 신체를 강탈할 수는 없었다. 우리엘 디아블로, 그의 의지가 개입하지 않는 이상 말이다.

그러자 그의 표정이 더없이 굳어버렸다.

"믿는다고……?"

라이라는 고개를 끄덕였다.

"예, 믿어요."

주춤.

그가 잠시 발을 주춤거렸다. 이 허무맹랑한 말들을 손쉽게 믿어버리는 게 믿기지 않는다는 듯 경악이라도 하는 것 같았다.

하기야 누구라도 그랬을 것이다.

하지만 라이라는 꿈에서 깨어났다. 현실을 직시하기 시작했다. 병아리가 알을 깨고 나오듯, 그녀는 가장 먼저 눈앞에 보인 이 남자를 믿기로 했다.

물론 그 믿음의 발로는 우리엘 디아블로였다. 그렇게 생각하고 있었다.

하지만 그녀 스스로도 수많은 사선을 넘으며 그에 대한, 오한성에 대한 신뢰가 쌓였음을 아직 제대로 인지하지 못하고 있었다.

만약 조그마한 신뢰조차 없었다면 그녀는 혼란해했을 것이다. 그러나 지금 그녀는 혼란해하지 않고 있었다.

이후 둘은 한참이나 말이 없었다.

그저 서로가 서로의 얼굴을 계속해서 바라볼 뿐이었다.

끼이이이익.

쿵!

나는 앞을 바라봤다.

닫혔던 문이 열렸다.

역대 어느 왕들도 열지 못했다는 문이 말이다.

"당신은 다른 왕들과는 조금 다른 것 같군요."

비렁뱅이 마족이 말했다. 아니, 마족의 형상을 한 다른 존재였다.

정말 귀신이라도 되는 걸까. 확답을 내릴 수 없을 정도로 희미한 존재감. 적어도 처음 접해보는 것임에는 분명했다.

"나는 아직도 믿음이 뭔지 모른다. 그런데 왜 문이 열린 거지?"

"모른다고요? 아뇨, 이제는 알고 있기 때문에 열린 겁니다. 그럼 부디…… 그 믿음을 저버리지 않기를."

그러자 기다렸다는 듯이 그의 모습이 흐릿해져 갔다.

누구에게도 보이지 않고, 나만이 볼 수 있었던 존재.

슈아아앙!

하지만 그가 이내 밝은 빛으로 화하자 그제야 나는 그의 정체가 뭔지 알 수 있었다.

빛으로 화할 때 느낀 감각. 말로 표현할 순 없지만 지극히 숭고한 느낌.

'가짜 태양신.'

크투가가 가짜라고 부르짖던 태양신.

그의 '의지'가 만들어낸 형상이 바로 비렁뱅이 마족이었던 셈이다.

크투가는 말했다. 가짜지만 의지만은 진짜와 같았다고.

내가 느낀 빛은 크투가의 말처럼 진짜와도 같았다.

그리고 그의 의지는 '믿음'이란 열쇠를 가지고 문을 지키고 있었다.

이 안에 무엇이 있기에 그토록 믿음이란 열쇠가 필요했던 걸까?

알 수 없다. 하지만 곧 알게 될 것이다.

나는 고개를 내저으며 천천히 성역 안으로 발을 옮겼다.

"알 아락사르. 지구의 관리자가 누구냐?"

철컹.

1.5㎞ 길이로 파인 좁고 깊은 지하 감옥.

가장 흉악한 초인 범죄자를 가둬두기 위해 만들어진 시설이지만, 그중 가장 깊은 곳에 있는 존재는 하나뿐이었다.

알 아락사르. 인류를 잠시나마 위협했던 괴물. 그가 마력을 제어하는 철구에 전신을 얽매인 채 벽에 묶여 있었다.

"알 아락사르! 협조하지 않으면 우리도 널 지켜주기 어렵다."

"날 지킨다고? 이따위 장식품들로 말이냐?"

쿠르르릉!

벽이 흔들린다. 제어구에 미세하게 금이 가기 시작했다.

철창 앞에 있던 백여 명의 사람이 급히 물러섰다.

대부분이 절륜한 능력을 지닌 각성자이고, 조금이나마 알 아락사르를 압박하고자 모였지만 전혀 위협이 되지 않았던 모양이었다.

콰아아아아앙!

알 아락사르는 물의 기사. 그의 육체는 변형이 가능하다. 마력을 억제하는 도구들로 중무장을 시켜봤지만 그조차도 알 아락사르의 마력을 짓누를 순 없었다.

제어구가 터질 것처럼 팽창했다. 모든 이의 전신에 솜털이

삐죽 섰다. 본능적으로 무기에 손을 가져가고 긴장했다.

하지만, 어느 순간을 기점으로 그가 멈췄다.

"나 스스로가 이곳에 갇히길 원하고 있는 것이다. 내 사명을 벗어난 일을 저질렀기 때문에."

"……그 사명이란 게 우리가 원하는 바에 합당하다면 도와줄 수 있다. 우리는 지구에서 가장 힘이 강한 친구들을 뒀으니까."

"너희들은 약하다. '그'만이 이상하게 강했을 뿐이야."

"'그'라면 그 지구의 관리자를 말하는 건가? 우리 역시 그를 찾고 있다. 이 혼란을 타개할 수만 있다면 전력을 다해 너를 도와주마."

"저주받은 뱀이 결국 '신들의 황혼'을 불렀구나. 지구의 마지막 '관리자'는 어디 있는가? 그만이 이 혼돈을 수습할 수 있을 것일진대."

"나는 알 아락사르, 지구의 관리자를 수호하는 물의 기사. 깊은 어둠 속에서 내 정신은 깨어났으나 나는 이미 자격을 잃었도다……."

알 아락사르가 정신을 되찾고 쓰러지기 직전에 한 말이었다.

하지만 알 아락사르는 고개를 저었다.

"나는 자격을 잃었다. '그'를 찾을 수도, 찾아서도 안 되지."

"다람쥐 쳇바퀴군. 벌써 한 달이 넘도록 여기서 진전이 안 돼."

흰색 가운을 입은 대표로 보이는 남자가 고개를 내저었다. 지난 한 달 동안 어르고 달래봤지만 알 아락사르는 꿈쩍도 하지 않았다.

그리고 시간이 지날수록, '검은 문'의 이현상은 점점 커지고 있었다. 세계 곳곳에 나타난 '검은 문'이 커지며 심연으로 빨려 들어가는 인류가 늘어나기 시작한 것이다.

학자들은 그것을 '종말의 전조'라고 말하고 있었다.

"그날, 하늘에서 보았던 수많은 괴물. 스스로를 '우리엘 디아블로'라고 말했던 그 악마의 왕과 같은 괴물들이 이곳 지구로 향하는 건가?"

"……."

"젠장! 사람이 물으면 대답을 하란 말이다!"

쿵! 쿵!

대표로 보이는 남자가 철창을 거세게 걷어찼다. 그만큼 얼굴에 절박함이 드러났다.

그때, 의외의 곳에서 대답이 들려왔다.

"향할 거다."

죄수복을 입은 남자. 부스스 정돈 안 된 머리칼, 하지만 야수와 같은 눈빛을 지닌 그는 김민식이었다. 그 역시 그동안 이곳에 수감되어 있었으나 알 아락사르의 입을 열고자 억지로 데려온 것이었다.

"……향한다?"

"나는 심연에 들어가 봤으니까 알 수 있다. 애당초 '문'이란 건 우리가 쳐들어가기 위해 만들어 놓은 게 아니니까."

"범죄자의 말을 쉽게 신용할 순 없군."

"나는……."

김민식은 쉽게 말을 잇지 못했다.

가짜 알레테이아에게 정신을 좀먹힌 뒤, 그는 수많은 학살을 자행했다. 그를 쫓는 자들을 죽이고, 죽이지 않아도 되었을 사람들도 죽였다.

물론 그 연유의 중심에는 신흥종교 알레테이아가 있었다.

알레테이아의 신도들은 아직도 곳곳에 남아 있다. 가짜 알레테이아가 그에게 종속되었음에도 그들은 끊임없이 그를 괴롭히고 있었다.

알 아락사르를 쓰러뜨렸지만, 그에게 걸린 혐의가 모두 벗겨진 건 아니었다.

'시간이 없다.'

하지만 김민식도 안다. 이런 곳에 계속 있어선 안 된다는 걸.

'영웅. 내가 갈 수 있는 길은 그뿐이야.'

영웅이 되겠다고 마음먹었다. 이곳의 철창을 부수고, 빠져나가는 일은 간단할지도 모른다. 하지만 그래선 영웅이 될 수 없다.

영웅이란 '인정'에서 시작된다. 그들 모두에게 인정받아야 한다. 필요한 사람이라고, 더 이상 대체할 사람이 없다고.

"알 아락사르, 네가 진정으로 기사라면 나는 승자의 권리로 너에게 묻겠다. '관리자'가 누구냐?"

"……승자, 라고?"

알 아락사르의 눈이 파르르 떨렸다.

그는 기사다. 심지어 한때는 관리자를 바로 옆에서 수행한 기사 중의 기사였다.

그가 패한 건 위대한 별에 의해 자아를 잠시 잃었기 때문이다. 제대로 정신이 있고 전력으로 임한다면 결코 인간의 검 따위엔 쓰러지지 않았을 것이다.

"패배를 부정하는 거냐?"

"나는 패배하지 않았다……!"

꽈아아아앙!

철창이 부서졌다. 그대로 물의 탄환 하나가 날아가 김민식의 미간을 노렸다.

김민식은 전신을 움직일 수 없는 죄수복을 입고 있었다. 이 역시 마력을 제어하는 기능이 있었고, 자의로 이 구속복을 풀어낸 사람은 아직 없다.

촤악!

하지만 그 순간, 그의 손이 정확하게 물의 탄환을 쳐 냈다.

구속복의 상체가 찢어진 상태였다.

순식간에 일어난 일. 모두가 눈이 휘둥그레진 채로 김민식을 바라봤다.

"다시 한번 싸워보자는 거냐? 좋다. 네가 인정할 때까지 싸워주지."

김민식은 긴장했다. 말은 자신 있게 했지만, 아직은 알 아락사르를 이길 수 없다. 가짜 알레테이아의 협조 덕택에 지난 한 달여간 몰라보게 강해졌지만 아직 알 아락사르에게 닿지는 못했다.

하지만 기백에서 밀리진 않았다.

밀릴 수 없었다.

"……적어도 자격은 있는 듯하군. 좋다. 내 의지가 아니었으나 그래도 패배는 패배. 네가 원하는 것에 한 가지만 답해주마."

"관리자가 누구냐? 그러면 지구에 일어난 이 혼돈을 잠재울 수 있는 건가?"

"질문이 두 개인데."

"……'지구의 관리자'라는 자가 누구냐. 아르켄인가?"

알 아락사르가 잠시 턱을 쓸었다.

관리자의 이름을 언급하는 것에 특별히 무슨 의미가 있지는 않았다. 관리자는 말 그대로 '관리'만을 도맡기에 그 존재를 모르는 자가 대부분인 탓이다.

전능한 '신'이라 하기에도 거리가 있고, 고장 난 것을 고치는 수리공과 같은 존재였다.

"아르켄이라는 이름은 처음 듣는구나. 관리자는 그런 이름이 아니다."

"그럼?"

"그리고 안타깝지만, 나 역시도 관리자의 이름을 알지 못한다."

"내가 원하는 것을 답해주기로 하지 않았나?"

"관리자는 권한이 중요하지 이름이 중요하지 않다. 게다가 새로이 관리자가 들어설 때 제대로 그의 능력을 확인할 수 없는 상황이었다. 다만, 그가 인간이라는 건 안다."

"인간이 지구의 신이라고? 최초의 인간이라도 된단 말이냐?"

알 아락사르가 고개를 저었다.

"너희와 같은 시대를 살아가는 인간일 것이다. 흠…… 대략 이렇게 생겼었지."

알 아락사르가 손을 뻗었다. 그러자 손에 있는 물들이 변환

되며 다른 형상을 만들었다.

인간의 얼굴.

남자고, 눈썹이 짙고, 지극히 평범한 인상이다.

그 모습을 본 사람들이 동요했다.

"어쩐지…… 동양인 같은데?"

"구분이 잘 안 가는군. 대체 누구지?"

심지어 김민식마저 고개를 갸우뚱했다.

"정말 이 사람이 그 관리자가 맞는 건가?"

"흠, 인간들은 다 비슷하게 생겨서 이게 확실하다고 할 수는 없다. 하지만 너와 같은 피부 색깔을 지니고 있긴 하였다. 더불어 너와 비슷한 언어를 사용했지."

알 아락사르는 애당초 인간이 아니다. 그는 지고의 용이 만들어낸 존재. 인간이 완전 다른 종족의 생김새를 구분할 수 없는 것처럼, 그 역시도 마찬가지였다.

최대한 비슷하게 구현해 보긴 했지만 한계가 있다는 뜻.

김민식이 되물었다.

"한국 사람…… 그중에 관리자가 있다?"

남자고, 흔한 인상이다.

그래도 여전히 해변에서 바늘 찾기였다.

"비슷할 것이다. 하지만 제대로 답을 해주지 못했으니 그 뒤에 것을 답해주마. 관리자의 제대로 된 권한은 '이변을 고치는 것이다. 그가 지구에 있는 것만으로도 극적인 이변은 자동으로 고쳐지지. 그런데 지금은 관리자가 지구에 없는 듯하군. 심연과 지구가 지금 시기에 이어지다니……."

"지구에 없다면 어디서 찾아야 하지?"

"너는 이미 관리자를 만나봤을 텐데?"

"뭐?"

"그의 권한이 너에게도 닿아 있는 게 보인다. 그것도 꽤 진하게. 흠…… 하여간 내가 답해줄 수 있는 건 여기까지다."

알 아락사르가 팔짱을 낀 채 다시 철창 안으로 들어갔다.

그는 오로지 속죄하고자 철창 안에 있는 것이라는 게 재확인된 셈이다.

김민식은 눈을 깜빡였다.

'내가 아는 사람들 중에 지구의 관리자가 있다고?'

지구의 관리자, 언뜻 듣기로는 신과 같은 존재다. 그런 존재가 자신의 주변에 있었다니.

하지만, 대체 누가?

김민식은 고개를 저었다.

그를 찾아야 한다. 그래야 최악의 상황을 막을 수 있다.

그리고 한 가지 확실한 게 있다.

김민식이 시선을 돌려 사람들을 바라봤다.

찢어진 구속복을 던지고, 손가락으로 지상을 가리키며, 썩은 미소를 지은 채 말했다.

"나를 지상으로 올려보내라. 아무래도 너희들을 구원할 수 있는 건 나뿐인 것 같으니까."

영웅이, 되겠다.

성역에 들어온 순간, 내 눈에 보인 건 작은 알갱이들이었다.

알갱이…… 아니, 알이라고 해야 할까?

알. 알은 가능성이고 생명 그 자체다. 그리고 이 주변에 떠 있는 모든 것이 아주 작고 미세한 알이었다.

'인자. DNA.'

뭐라고 정확하게 설명할 수가 없었다. 하지만 내 눈에는 또렷하게 보였다.

최초의 인류, 최초의 마족, 최초의 거인, 그 모든 것이 이곳에서 시작되었음을.

'크투가의 불이 이 인자들에게 흡수되고 있었군.'

그곳의 중심에 거대한 불꽃이 있었다.

크투가의 불꽃이다. 놈의 불꽃이 이곳에 갇혀서 인자들을 성숙하게 만드는 중이었다.

그래, 이곳은 태양신의 보고였다.

태양은 모든 것의 '진화'를 일으켰다. 이곳은 그 진화의 서장과도 같은 장소.

내가 바깥에서 만난 비렁뱅이는 가짜지만, 그 의지만은 진짜와 다를 바가 없었다. 그는 이곳을 소중히 지키고 있었던 것이다.

동시에 왜 '믿음'을 중시했는지 알 것 같았다.

'믿지 않으면 진화는 시작되지 않는다.'

진화는 필요에 의해 생겨난다. 환경에 적응하고 생존하기 위해.

그러기 위해서 필요한 가장 중요한 게 바로 '믿음'이었다.

태양신의 의지를 이은 역대의 모든 태양왕에겐 그 믿음이 부족했다.

아직 나 스스로도 왜 문이 열린 것인지는 의아하지만 적어도 다른 태양왕들보단 나았다는 거겠지. 어쩌면 내 안에 잠든 신성 때문일지도 모르고.

"새로운 아담과 이브를 만들라는 건가?"

피식 웃고 말았다.

신성을 얻었지만 진정한 신으로 가는 길은 새로운 종족을 번창시키는 것이었다. 여태까진 별생각이 없었지만, 가장 중요한 열쇠를 여기서 찾게 된 것이다.

그리고 아마도 크투가의 불꽃은 오랜 시간 잠들어 있던 인자들을 다시금 활발하게 만드는 데 도움을 준 듯싶었다.

이 인자들이 움직이려면 크투가의 불꽃이 필요하다. 태양신의 불이 없는 지금 크투가의 불꽃만이 인자들을 데워줄 수 있었다.

'대단한 보물을 발견했는데……'

문제는 크투가다.

작게 혀를 차며 고개를 저었다. 아무래도 크투가의 소원을 이뤄줄 순 없을 듯싶었다.

-뭐, 이 자식아? 계약을 어기겠단 소리냐?

당연하다면 당연한 반응이었다. 크투가가 성을 내며 멱살이라도 쥐어 잡을 기세로 나를 노려봤다.

"태양신의 보고에 놓인 너의 불꽃이 잠시 필요하다."

-하지만 너와 나는 서로의 이름을 두고 계약했다. 어기면 너는 그대로 가루가 될 것이다.

강력한 존재일수록 '계약'이나 '약속'은 그만한 힘을 지닌다. 단순하게 계약 내용을 어기는 짓을 했다간 크투가의 말대로 나는 산산이 찢겨 나갈 것이다.

"시간을 달라는 뜻이다. 내가 태양신의 보고에서 원하는 결과를 얻을 때까지만."

-안 돼. 이미 나는 기다릴 만큼 기다렸어. 당장에라도 이곳을 벗어나고 싶다!

크투가의 의지는 견고했다. 하지만 태양신의 보고에 잠든 인자들을 움직이며 원하는 결과를 얻으려거든 그의 동의가 필요한 상황이었다.

어떻게 해야 할까.

모든 것에 있어서 절대적인 건 없다. 하물며 쌍방의 동의로 이루어진 계약이라면, 상호간의 합의를 통해 원만한 타협점을 찾을 수도 있을 것이다.

타협점. 타협점이라.

하나가 있긴 있었다.

"헤라클레스의 신체를 찾아와 주지."

-지금 농담하는 거냐?

"헤라클레스의 신체를 찾으면 너는 나를 따르기로 했지."

헤라클레스의 신체. 아마도 천마(天魔)를 말하는 것일 테다.

나찰산 100층에 있는, 야차와 나찰들의 시조 격이 되는 존재. 동시에 암령을 다스린 자이기도 하며 현령과 함께 세계를 구축하려 했던 선자(仙子)다.

-나는 내 눈앞에 그것이 놓이기 전까지 믿지 않을 거다. 게다가 계약 내용은 그전에 먼저 내 봉인을 풀어주는 게 선결이었어.

"그러니 계약 내용을 조금만 완만하게 바꾸자는 거다. 15일 안에 헤라클레스의 신체를 찾아오지. 그 시간 동안 찾아 돌아오지 못한다면 그다음은 네 마음대로 해도 좋다."

크투가의 불꽃이 1초라도 불을 내어주지 않으면 보고에 잠든 인자들은 다시 잠들 것이다. 데워서 일으키려거든 몇 년, 몇십 년, 어쩌면 몇백 년이 걸릴지도 모른다.

그에 비하면 15일은 짧은 시간이다.

하지만 그 시간 동안 나는 '전이'를 해야 한다. 전이를 하면 우리엘 디아블로의 육체는 잠들고, 약점에 노출된다.

그러니 크투가와 라이라 등이 나를 지켜줄 필요가 있었다.

지금 크투가와 이렇게 대면한 건 그의 동의를 끌어내기 위해서였다.

-15일 안에 헤라클레스의 신체를 찾아오겠다고? 푸하하! 전 차원에 흩어진 암흑인들도, 그 어떤 존재도 찾지 못한 게 그의 신체다, 이놈아. 보나 마나 이상한 걸 하나 주워다가 헤라클레스의 신체라고 내놓고 속여볼 작정인 듯한데……

"속일 생각은 없다. 네가 납득할 만한 결과물일 거라고 자신하지."

-시간을 끌 속셈이냐? 탑의 지하에서 뭘 보았기에?

"가능성."

모든 것의 시작, 그 가능성을 보았다. 더불어 내가 나아가야 할 방향도 그곳에서 찾을 수 있었다.

그러기 위한 시간이다. 대라선의 자격으로 나찰산 100층에 올라 그의 신체를 직접 가져와야 했다. 어쩌면 15일도 부족할지 모른다. 이 역시 도박수인 셈이다.

크투가가 인상을 찌푸렸다.

-네놈이 뭔 놈의 가능성을 봤는지 모르겠다만, 15일 만에 어디 한번 가져와 봐라. 하지만 시간이 지나면 네 육체와 영혼은 모두 나 크투가에게 구속된다. 아니, 나는 너를 또 다른 나의 아바타르로 만들어 심연을 영원히 방황하게 만들 것이다.

아바타르. 크투가의 분신처럼 만들겠단 뜻이다.

하지만 호의적인 내용은 없어 보였다. 일종의 으름장이었다.

동시에 크투가의 불꽃이 몇 가닥 튀어나와 내 전신을 감쌌다. 계약의 갱신이 성립되었음을 알려주는 불꽃이었다.

"그리고 또 하나. 부탁할 게 있다."

-부탁? 부탁이라고? 나는 지금 매우 화가 나 있는 상태다. 기다려야 하는 시간이 무려 15일이나 늘어났으니까 말이야!

이해하지 못하는 건 아니다.

군대 제대를 앞둔 병장이 합당하지 못한 일로 15일간 영창을 가게 되어 군 생활이 늘어난 것과 비슷한 기분이겠지.

"15일간 나를 지켜다오."

-성을 나가는 게 아니었냐?

"이 몸은 이곳에 둔 채, 다른 수단으로 헤라클레스의 신체를 찾을 생각이다. 문제는 그 시간 동안 이 몸이 무방비해진다는 거지."

-어차피 너는 이 성의 왕이다. 누가 너를 건드린단 말이냐?

"배신자."

군단장들 중에 배신자가 있다. 단수일 수도 있고, 복수일 수도 있다.

둠이 팔콘을 죽였다. 그 속도는 실로 어마어마하다. 둠은 내가 온전하게 왕의 자리에 앉는 것을 달가워하지 않는다.

내 연설을 듣고 '만에 하나' 변수가 생기기 전에 둠이 그 배신자를 움직이기 시작할 것이다. 어느 정도의 규모일지는 모르겠지만 조만간이라고 예상했다.

태양신의 보고에 깃든 인자들. 그 인자에 답이 있다. 내가 진정한 태양왕의 자리에 오르려거든 그 인자와 크투가의 힘이 필요하다.

나는 다시 한번 힘을 주어 입을 열었다.

"필사적으로 나를 지켜라. 그러면 너는 너의 불꽃과 헤라클레스의 신체를 얻을 수 있을 테니."

나찰산의 100층에 천마는 자신의 신체를 남겨뒀다.

그리고 천마의 신체는 새로운 대라선이 나타나면 자격을 부여하는 역할을 수행했다.

하지만 신체라는 그릇 안에는 내용물이 없었다. 그 내용물, 영혼은 이미 위대한 별의 거름으로 사용되었던 탓이다.

천마가 정말로 헤라클레스라면, 그는 자신의 운명을 알고 있었던 걸까?

그래서 오로지 대라선만이 출입할 수 있는 현계에 자신의 신체를 남겨둔 것일지.

"오랜만이로군요."

호라. 한때는 죽음의 숲이라 불리던 숲의 주인, 꽃의 정령왕인 그녀가 나를 맞이해 주었다.

현재의 나는 전이한 이후 원래의 신체로 돌아간 상태였다. 그리고 대라선의 권한을 이용해 나찰산에 단번에 이동할 수 있었다.

문제는 현계로는 한 번에 이동할 수가 없다는 거다. 그래서 다시금 호라를 찾을 수밖에 없었다.

"잘 지냈나?"

"주변을 둘러보세요."

나찰산은 변했다. 야차와 나찰이 떠나간 이후, 꽃이 만개하며 흐드러지게 아름다운 곳으로 변모했다.

"아름답군."

"보는 눈이 있네요. 좋아요, 그래서 나를 찾아온 용건이 뭐죠?"

"현계로 가야 한다."

"'그'를 찾으러 갈 셈이군요."

호라의 표정이 살짝 변했다. 실망, 그리고 약간은 화도 난 듯싶었다.

호라는 크투가와 비슷한 종류의 정령이다. 감히 왕의 이름을 사용해도 전혀 하자가 없는 강대한 존재력을 가지고 있었다.

그렇기에 감히 천마를 상대로 '사기꾼' 운운하며 맞설 수 있었던 것이다.

이윽고 호라가 고개를 저었다.

"당장은 현계까지 닿는 줄기를 피워 올릴 수 없어요."

"왜지?"

"현계가 닫혔기 때문이에요."

현계가 닫혔다?

닫혔다면, 닫은 자가 있을 것이다.

아니면 다른 이유가 있거나.

천마의 신체엔 의지가 없다. 그 신체가 스스로 문을 닫을 수 있을 리 없었다.

내 표정을 읽은 호라가 느지막이 답했다.

"가끔 닫힐 때가 있어요. 그리고 백 년 정도가 지나면 다시 열리길 반복하죠."

"백 년……."

"특별한 일이 없다면요. 그대는 이미 대라선의 업을 입었으니, 100년 정도는 충분히 기다릴 수 있을 거예요."

"아니, 기다릴 수 없다."

100년은커녕 내게 주어진 시간이 15일이다.

그마저도 계속해서 빠르게 흘러가고 있었다.

"어떻게 열 수 있지?"

"방법이 없는 건 아니에요."

호라가 슬며시 웃어 보였다.

여우가 따로 없다. 아마도 그 방법을 공짜로 알려줄 생각은 없는 듯 보였다.

"그리고 제게도 해결하기 힘든 문제가 있답니다."

"내가 해결해 주지."

"어머, 믿음직해라. 현계의 문이 닫히면 나찰산에 대아귀가 기하급수적으로 늘어나요."

대아귀.

놀라울 정도로 크고 탐욕적인 괴물들을 일컫는 이름이다.

"아귀들이 서로를 잡아먹기 시작하고, 수많은 대아귀가 탄생하며 구역을 늘리죠. 야차와 나찰, 대라선이 없는 지금 번식을 막을 천적은 없는 것과 마찬가지. 저 역시도 대아귀들을 하나하나 제거하긴 여간 까다로운 게 아니랍니다."

"대아귀를 제거해 달라?"

"대아귀 중에서도 '여왕'이라 불리는 대아귀가 있어요. 그 여왕을 죽이면 대아귀는 늘어나지 않을 거예요."

과연. 여왕 대아귀를 사냥해 달라는 말이다.

들어본 적도, 본 적도 없지만, 불가능한 일은 아닐 것이다.

다만 걸리는 점이 있었다.

"한 마리라면 스스로 제거할 수도 있었을 텐데?"

"쉽게 제거할 수 있었다면 여느 나찰이나 대라선이 진즉에 제거했겠죠. 여왕은 99층, '암계'라 불리는 곳에 아주 어려운 봉인식으로 방을 걸어 잠그고 있답니다. 그대들이 말하는 '시련'이라고도 하죠."

나는 나찰산에서 몇 개의 시련을 통과했다. 심지어 나찰들이 행한다는 시련마저 돌파해 보이며 주목을 받은 적이 있었다.

그런데 여왕 대아귀가 있는 곳의 시련은 그보다 훨씬 어려운 모양이었다.

"포기해도 좋아요. 어차피 현계의 문은 100년이면 열리니까요. 저도 억지로 문을 열려면 여간 힘이 들고 말이죠."

"하지."

대아귀의 씨를 전부 말리는 게 아니라면 할 수 있다. 누구도 깨지 못한 시련을 몇 번이나 돌파해 내지 않았던가.

호라가 싱글 웃어 보였다.

"성공하길 바랄게요."

99층. '암계(暗界)'라 불린 곳은 이름처럼 매우 어두운 장소였다.

대아귀들이 우글대며, 바로 위에 닫혀 있는 거대한 '문'이 보였다.

하지만 문은 닫힌 채로 꼼짝도 하지 않고 있었다. 문이 닫힐 때 대아귀가 빠르게 늘어난다면, 어떠한 연관 관계가 있을지도 모르겠다.

'여왕'이 있는 봉인식을 찾는 건 어렵지 않았다. 거대한 산, 그 입구가 알 수 없는 힘으로 닫혀 있었던 것이다.

그곳을 열기 위해선 시련을 해결할 필요가 있었다. 그리고 그 시련의 내용은 무척이나 눈에 익은 것이었다.

[암계, 여왕의 굴로 향하기 위해선 봉인식을 해제해야 합니다.]
[12가지의 시련을 해결하십시오.]

헤라클레스. 인간 최고의 영웅이라 불리던 자. 그가 '영웅'이 되기 위해 해결했던 12가지의 시련이 내게 주어졌다.

움직임은 있었다.

태양왕 우리엘 디아블로를 죽이기 위한 움직임이.

안개가 낀 저녁, 다섯의 마족이 은밀하게 움직이며 처소를 덮쳤다. 하나하나가 초강자이며 능히 다섯이 뭉치면 그 어떤 적이라도 쓰러뜨릴 수 있을 정도의 비밀 병기.

간을 보는 것치곤 강하다. 진짜 죽이기 위해 찾아온 것이다.

-머리가 아프군. 이런 애송이들 상대나 하고 있어야 한다니…….

하지만 그들을 맞이해 준 건 우리엘 디아블로가 아니었다.

거대한 불길. 살아 있는 불, 크투가!

그는 한숨을 내쉬고 고개를 저으며 거대한 불의 장벽을 일으켰다.

화르르르륵!

절대로 꺼지지 않는 불이 다섯 마족을 집어삼키자 그들이 비명을 내질렀다.

벌써 10일이 넘게 흐르며 반복된 상황이다.

-무서울 게 없던 내가 보모 역할이나 하고 있다니. 크투가란

이름이 울겠구나, 울겠어.

하지만 그것도 앞으로 5일이면 끝난다.

5일. 그 안에 돌아오지 못한다면 크투가는 진짜로 우리엘 디아블로의 몸과 영혼을 지배할 생각이었다.

하지만…… 그 이전에 또 다른 문제도 있었다.

'본격적으로 공격이 오면 굉장히 피곤해지겠군.'

"아빠아~ 우우움."

크투가의 뒤쪽, 이그닐이 뺨을 파묻은 채 우리엘의 가슴팍에 올라가 있었다. 그런 이그닐을 바라보며 크투가가 쓰게 혀를 차고 말했다.

자잘한 암살 시도는 막아낼 수 있지만 본신의 힘은 태양 탑의 지하에 묻혀 있다. 본격적인 공격이 근시일 내로 시행된다면 무사히 지켜내지 못할 수도 있었다.

'어렵군, 어려워.'

놈이 정말 헤라클레스의 신체를 찾아올 수 있을까?

솔직히 지금도 믿기지 않았다. 하지만 그 자신 있는 눈빛을 보고 있노라면 조금은 믿고 싶어지기도 했다.

왜 그런 이상한 놈과 엮여선.

크투가의 불꽃이 한숨처럼 휘었다.

52장
열두 가지 시련

언제까지 죽여야 하는가?

어두컴컴한 동굴.

거대한 묘비에 새겨진 말이었다.

산 자의 마지막 말이라 하기엔 의미심장한 문구.

별다른 의미가 없는 듯하면서도 있을 것만 같은 그런 글귀가 가장 먼저 나를 반겼다.

"와라."

하지만 이것 또한 시련의 일부임을 나는 안다.

벌써 일곱 번째. 여섯 번의 시련을 쉬지 않고 돌파하며 내 정신은 한껏 고조되어 있었다.

대부분의 시련은 정해진 괴물을 죽이는 것이었지만 모두가 같은 조건으로 이뤄지진 않았다.

비석은 하나였다.

하지만 무덤은 두 개였다.

쿵!

두 개의 무덤에서 검은색 붕대를 감은 사자(死自)들이 튀어 나왔다. 좀비와 비슷하지만 좀비는 아니다. 그보다 훨씬 격조 높은, 살아생전 영웅이라도 됐을 법한…….

한 명은 남자고 한 명은 여자였다.

남자는 낫을 들었으며 여자는 지팡이를 들고 있었다.

[죽어서도 죽지 못한 자. 한때 대륙 최강의 암살 집단의 수장이었으며, 오로지 악자들만을 살해했으나 배신으로 인해 묻힌 사자입니다.]

[최강의 마법사, 그랜드 위저드라 불린 여인, 사자의 아내였으나 그녀는 사자의 죽음을 막지 못해 비관하다가 절망한 채 죽었습니다.]

[죽은 다음에야 둘은 비로소 하나가 될 수 있었으며, 오로지 이곳 묘지 안에서만 그 인연을 확인하는 게 가능합니다. 둘은 침입자를 결코 방관하지 않을 것입니다.]

이런, 제기랄.

세세한 이야기는 됐다. 굳이 알려주지 않아도 내 눈에는 보이는 탓이다. 저들의 인연이, 인연의 선이 얼마나 굳건하게 연결되어 있는지.

서로가 서로를 지극히 바라며 비참하게 죽어갔다는 걸.

'모든 관문이 이런 식이다.'

평범한 시련이 없었다.

시련의 대상을 죽이는 건 맞지만, 그 대상 모두에게 '이야기'가 부여되어 있었다.

물론 개의치 않는다. 개의치 않지만, 그들을 죽일 때마다 내 안에서 무언가가 하나씩 부러지는 것만 같은 느낌이 들었다.

모두 이 동굴의 기묘한 분위기 때문이다. 더불어 그들의 기억이 조금씩 내게 흘러오는 탓이었다.

'어차피 다른 세계의 이야기야.'

고개를 젓는다.

대륙 최강의 암살 집단? 최강의 마법사?

저들이 태생은 지구가 아니다. 내가 알지 못하는 또 다른 차원. 육도(六道)라 칭해지는 여섯 개의 세상 중 어딘가일 것이다.

저들의 세계나 저들의 생명 따위, 내 알 바 아니었다. 나는 내가 살고 있는 세계를 지키는 것만으로도 벅찼다.

-침…… 입…… 자.

-우리를…… 방해할 순…… 없다.

콰칭!

바람의 칼날이 내 뺨을 스치고 지나갔다.

동시에 낫을 든 남자가 순식간에 내 뒤로 솟아났다.

블링크? 축지법이라도 되는 건가?

'인지하지 못했다.'

어찌 됐건 한 대륙 최강의 암살자다.

수많은 암살 위협을 당해봤지만 반응조차 하지 못한 건 처음이다.

지구의 레벨로 생각해선 안 된다.

'금강불괴.'

모든 공격으로부터 타격을 반감시켜주는 스킬. 반응하지 못한 공격에 오로지 이 스킬만이 발동됐다.

촤악!

하지만 살점이 뜯겨져 나가는 걸 막진 못했다. 어깨의 뼈가 보일 정도로 움푹 파인 다음에야 나는 겨우 발걸음을 뒤로 옮길 수 있었다.

그리고 월천을 들어 그대로 남자의 목을 돌려 쳤다.

스으윽.

없다. 사라진 뒤다.

마치 안개처럼 사라지곤 다시 내 뒤에 나타났다.

저주받은 망령과 같았다.

콰아아앙!

그사이, 거대한 벼락이 내 정수리 위로 떨어졌다.

무시무시한 마력. 피하지 않으면 상당한 타격을 입을 것이다.

피해야 하나?

'피해선 안 된다.'

낫을 든 남자가 그 즉시 내 목을 앗아갈 터였다.

나는 그대로 검을 바닥에 내려쳤다.

콰아앙!

돌이 튀며 잠시 위를 막아선 사이, 풀잎 정령들이 튀어나와 빠르게 파놓은 구멍 사이로 뿌리를 내렸다. 촘촘히 박힌 뿌리들이 폭뢰를 막아내자, 순간 바닥이 일렁이며 녹아가더니 그대로 용암지대가 생성되기 시작했다.

-아, 뜨거!

-미안해요. 이곳에서 저희는 힘을 발휘할 수 없어요.

-씨이! 분하다!

풀잎 자매들이 고개를 내저었다. 불과는 극상성인 데다 지대 자체가 바뀌어버려선 힘을 발휘할 수 없는 게 당연했다.

'엄청난 임기응변.'

정령사도 한두 번 상대해 본 솜씨가 아니다. 게다가 살아생전 얼마나 대단한 마법사였기에 이 넓은 지대 모두를 용암지대로 바꿔 버린단 말인가?

'저들 또한 영웅이었다.'

여섯 번의 시련, 대상 대부분이 괴물이었지만 이처럼 영웅이었던 자들도 있었다. 하지만 비참하게 죽은 끝에 이곳에 도달했다.

영웅의 말로.

그 끝은 항상 처참하다.

여왕 대아귀…… 어쩌면 일반적인 대아귀가 아닐지도 모른다는 생각이 강하게 들었다.

'힘을 아낄 틈은 없어 보이는군.'

급할수록 돌아가라.

그다지 좋아하는 말은 아니지만, 힘을 아끼며 전진만 할 수는 없을 듯했다.

꿈틀.

위대한 별이 아주 미세하게 진동했다.

누구도 알아차릴 수 없을 정도이나 그 변화를 소수의 암흑인들은 읽었다.

"위대한 별께서 지금 움직이신 건가?"

"그럴 리가. 내용물이 거의 채워지지 않았는데? 착각 아니야?"

"하지만⋯⋯."

"아직 '시기'가 되지 않았어. 위대한 별께서 움직이시려면 적어도 데몬로드가 50마리는 죽어야 한다. 균열도 훨씬 커져야 하고⋯⋯."

쿠르르르르.

"⋯⋯공작께 말씀드려야겠군."

착각이 아니었다.

탑이 거세게 흔들리며 위대한 별을 가둬둔 '차원막'이 요동친 것이다.

"차원막이 사라지면 어떻게 되지?"

"'초균열'이 일어나고 니드호그가 위대한 별을 잡아먹으러 나타나겠지! 이러고 있을 때가 아니야!"

"갑자기 왜⋯⋯."

구아아아아아앙!

차원막이 더욱 거세게 흔들리기 시작했다.

하지만 차원막 바깥으로 튕겨져 나온 소리는 암흑인들에게 한 가지 생각을 심어줬다.

⋯⋯마치, 구슬픈 비명 같지 않은가.

혁, 혁……!

거칠게 숨을 내뱉었다.

빌어먹을.

욕이 입안을 맴돌았다. 하나면 모를까 둘을 동시에 상대하는 건 여간 까다로운 일이었다. 하마터면 역으로 당할 뻔했다.

'영웅의 끝엔 죽음만이 존재한다.'

남자와 여자는 서로 부둥켜안고 있었다. 마지막까지 함께하겠다는 듯.

절로 눈살이 찌푸려졌다.

하지만 이게 끝이 아니다.

동시에 그들의 기억이 내 머릿속으로 흘러들어왔다.

'제국을 위해 죽어라! 너의 존재는 너무나 위험하다!'

'그런 게 어디 있소? 나는 오로지 제국을 위해 일했건만!'

'최강의 그림자, 아그릿사. 그대의 공로는 높게 치하하는 바이다. 신들의 무자비한 폭정으로부터 그들의 아바타들을 죽이고 결국 인간의 승리를 일궈낸 장본인이 그대이니까.'

'그럼 대체 왜?'

'신들의 세계가 끝나고 인간의 시대가 찾아왔다. 더 이상 감당하지 못할 무기는 필요 없다는 뜻이다.'

내가 모르는 세계의 이야기다. 하지만 감정이 복받쳐 올랐다. 아그릿사. 내가 그가 된 것만 같았다.

그는 저항했으나 결국 제국의 무자비한 공격 아래 무릎을 꿇는다.

좌절하고, 절망하고, 아무것도 이루지 못한 채로.

하지만 그는 영웅이었다. 오로지 인간을 위해 자신의 무기를 사용했다.

그러나 인류에 배반당해 죽었다.

어쩌면 괴물에게 죽은 내가 나을 수도 있겠다.

'영웅이란 이름은 너무나도 부조리하지.'

안다. 그래서 다시 돌아왔을 때, 영웅 따윈 안 되겠다고 한 것이다.

영웅이란 이름의 무게를 알기 때문에.

부르르 몸을 떨었다. 눈물이 흘렀다. 주먹이 쥐어지고, 그대로 무릎을 꿇고 말았다.

그의 기억만이 아니다.

그의 감정, 그의 모든 것이 나를 관통했다.

누구도 이 시련을 깨지 못한 이유. 깨지 않으려고 했던 이유.

그 이유를…… 알 것만 같았다.

"아아……!"

신음이 입 밖으로 새어 나왔다.

이를 악물었다.

나는 오한성이다. 나는 그가 아니다. 알지만, 알고 있지만, 이 처절한 기분은 대체 무엇이란 말인가.

시련을 넘어갈수록 이러한 현상은 더욱 강해졌다.

[여섯 번째 시련을 완료했습니다. 다음 시련으로 넘어갑니다.]

감정이 채 정리되기도 전에 주변의 환경이 바뀌었다.

이번에도 거대한 석상 하나가 있었다. 원숭이 모양의 석상은 거대한 봉 하나를 쥐고 머리에 둥근 띠 하나를 하고 있었는데, 어쩐지 눈에 익은 모습이었다.

[제천대성이라 불리며 천계의 말썽꾸러기로 분류되던 원숭이입니다. 은인을 만나 도와 덕을 알게 되고 사귀(邪鬼)를 물리치며 추앙받지만, 반쪽짜리에 불과합니다. 나머지 반쪽의 어둠 때문에 진정한 신이 되지 못한 그의 육체는 구천을 떠돌게 되었습니다.]
[일곱 번째 관문의 문을 열 열쇠는 그에게 있습니다.]

두근! 두근!

심장이 아려왔다. 내 안에 잠든, 암령이 움직였기 때문이다.

암령의 진짜 정체가 제천대성임을 나는 알고 있었다. 그리고 그 암령의 육체가 지금 내 눈앞에 있는 것이다.

-여기에, 여기에 가둬뒀었구나!

암령이 필사적으로 움직였다. 내게서 제어권을 다시금 빼앗고자 했다.

하지만 나는 고개를 저었다. 놈에게 육체를 내어줄 생각은 조금도 없었다.

게다가 시련의 내용이 조금 달랐다. 죽이거나 제거하라는 게 아니다. 열쇠가 그에게 있다고 한다.

'죽일 수도 없겠지만.'

불사(不死). 제천대성은 죽지 않는다. 물론 사천왕처럼 무언가 조건이 마련된다면 죽을 수도 있겠지만, 당장 내가 죽일 수 있는 방법은 없었다.

쿵!

이윽고 제천대성의 육체가 움직이기 시작했다.

발을 디딘 것만으로도 땅과 허공이 뒤집혔다. 이어 여의봉을 휘두르자 순식간에 늘어나 내 머리를 내려쳤다.

"끄으으윽……!"

막았다. 막아섰다. 하지만 여의봉의 크기가 조금씩 두꺼워지며 무거워지고 있었다. 그것을 제천대성은 아무렇지도 않게 쥐고 있는 것이다.

힘 대결은 무리다. 정면으로 싸워선 이길 수 없다.

아니, 우리엘 디아블로의 육체로 임해도 쉽지 않을 듯싶었다.

그야말로 괴물.

한때 신으로 추앙받던 원숭이의 육체였다. 영혼이 깃들지 않았다고 하더라도 그 힘은 내가 어찌할 수준을 넘어섰다.

다른 방법. 열쇠를 찾을 방법이 있을 터.

-돌아갈 것이다. 저 몸은 나의 것이란 말이다!

-천마여! 현장이여! 너희들은 왜 내게서 뺏어가기만 하느냐! 왜!

암령에게서 짙은 '미련'이 느껴졌다. 필사적으로 발버둥 치고 있었다.

그러자 제천대성의 움직임이 더욱 격렬해졌다. 마치 연동이라도 하듯.

'이 시련은 암령과 관계가 깊다.'

열쇠는 제천대성에게 있다고 하였다. 어쩌면 열쇠는 암령에게 있지 않을까.

암령 역시도 제천대성인 탓이다. 육체와 정신이 분리되어 있었다.

하지만, 어째서 제천대성의 육체가 이곳에 있는 걸까?

암령의 반응으로 보면 가짜가 아니었다. 진짜 육체였다.

그리고 이곳은 여왕 대아귀에게 향하는 골목과도 같은 곳.

고작 여왕 대아귀를 지키고자 제천대성의 육체가 배치되어 있다니. 주객전도도 이런 주객전도가 없었다.

촤아악!

쩌득!

어깨뼈가 부러졌다. 월천으로 여의봉을 쳐 냈음에도 육체가 견디지 못한 것이다.

울컥!

피를 각혈했으나 암령은 제 맘대로 떠들었다.

-돌아갈 것이다. 복수할 것이다. 나를 조롱했던 세상을, 천계를!

-나는 원숭이의 왕이다. 너희들 인간과 신의 잣대로 나를 재단하지 마라……!

이 정도면 울부짖음이었다.

어쩌면 암령이야말로 제천대성, 손오공이라 불리던 그대로의 모습이 아니었을까.

하지만 나는 고개를 저었다.

"시끄럽다."

왱왱대는 소리를 끝까지 받아줄 내가 아니다.

심정을 이해하지 못하는 건 아니었다. 이곳은, 이 장소는, 모든 것을 '공유'하게 만든다. 암령의 좌절과 절망감 역시도 내게 전해졌다.

ㅡ내가 겪어온 여행은 무한한 고통뿐이었다! 여래와 현장에 의해 농락당하며 시키는 대로 할 수밖에 없었지! 이제 다시는 그러한 삶을 살지 않으리라!

아무래도 조용할 마음은 없는 모양이었다.

게다가 내가 알고 있는 이야기처럼 아름답지만은 않은 듯싶었다.

현장과 손오공의 여행. 하지만 당사자인 암령이 그 여행 자체가 무척이나 괴로웠다고 말하고 있었다.

콰르르르르르릉!

제천대성의 신체가 크게 발돋움을 했다. 여의봉은 계속해서 나를 추격했고, 월천으로 내려쳐도 꿈쩍도 하지 않았다.

진퇴양난.

하지만 확실한 건, 암령이 발버둥 칠수록 제천대성의 신체역시 마구잡이로 공격을 해온단 사실이다.

암령을 얌전하게 만들 필요가 있었다.

'암령은 이미 내게 깊숙하게 뿌리를 박았다. 돌려보내는 순간 나도 죽겠지.'

그 방법은 논외다. 암령의 힘과 마력은 이미 내 생명의 근원에까지 뿌리를 내리고 있었다. 지금은 온전한 나의 힘이라 할 수 있을 정도다.

빼내는 순간 목숨을 부지하지 못하리라.

그러나 암령은 자신의 신체로 돌아가길 간절히 바라고 있었다.

'애당초에 암령은 왜 봉인을 당한 거지?'

미간을 구겼다.

암령. 제천대성의 신체와 혼이 분리된 이유가 뭘까.

암령은 오랜 세월 대라선이나 나찰에게 이어지며 꾸준히 그들의 생명을 갉아먹고 있었다. 월천 역시도 암령을 다루지 못해 마력을 크게 상실했다고 하였다.

현장과의 여행 끝에 손오공은 사귀를 물리치고 악령의 위협에서 사람들을 구하는 신으로서 신앙 그 자체가 되었을 터.

그런데 지금 내 눈앞에 놓인 제천대성은 이야기처럼 마냥 우아하게 보이지만은 않았다.

'암령을 봉인한 건 천마다. 크투가는 천마가 현장의 혼과 함께 돌아다녔다고 했다. 이 봉인 자체가 현장의 묵인하에 이루어졌다는 것. 이유가…… 이유가 있을 것이다.'

하나 그 이유를 알 수가 없었다.

본래라면 현장은 손오공을 개과천선시키는 데 성공하지 않던가?

그러나 내 안에서 발버둥 치는 이놈은 개과천선과는 거리가 멀었다.

녀석이 가진 '악의'에 나까지도 정신이 혼미해질 수준이었으니.

콰직!

여의봉이 따라오는 속도는 말 그대로 빛과 같았다. 사방팔방으로 늘어나고 줄어들며 내가 있는 곳이라면 어김없이 덮쳐들었다.

월천으로 막아내고 그 무지막지한 힘에 팔이 걸레짝처럼 휘어버렸다. 뼈가 어긋나고 부서지길 계속해서 반복하고 있는 셈이다.

이대로는 길어야 10분 남짓.

단순히 버티기만 해선 그 시간이 내게 주어진 마지막 유예이리라.

'근두운까지 있었으면 1분도 못 버텼겠군.'

전승에 따르면 제천대성은 72가지 변신술과 근두운, 여의봉을 가진 패자로 여겨진다. 그 위세를 누르지 못해 옥황상제가 자신의 위명에 버금가는 '제천대성'이란 명호를 허락하고 만 것이다.

만약 이야기 그대로의 제천대성이었다면 조금도 버티지 못했을 것이다. 그야말로 신 중의 신이니까.

'근두운이 없다. 완벽하지 않다.'

틈이 있을 것이다.

놈에겐 72가지 변신술도, 단번에 10만 8천 리를 날아갈 수 있다는 근두운도 없었다.

그러나 일반적인 공격은 통하지 않는다. 월천으로 맞서봤자 내 신체가 버티지 못하고 산산조각이 날 뿐이다.

-돌아가리라. 그리하여 이 세상을 위시하리라!

"네가 봉인당한 채 돌아가지 못한 이유를 알겠군."

그래서 도리어 나는 암령을 자극했다.

암령은 분노의 화신과도 같았다. 내가 자극하자 심장이 미친 듯이 뛰며, 제천대성의 신체가 더욱 날뛰기 시작했다.

-너 따위가 뭘 안다는 말이냐! 나는 태어날 때부터 왕이었다. 왕 중의 왕인 내가 억지로 말을 들어야만 했던 그 굴욕! 500년간 나를 가두고, 현장은 가르침이란 명분하에 고통으로 나를 다스리고자 했다! 내가 보기에 죄인은 너희다!

새로운 시각에서의 견해였다. 하지만 나는 암령을 더욱 부정했다.

"혼자서 살 수 있는 세상은 없다. 울타리를 부수고, 규율을 비웃으며 폭군처럼 날뛰었으니 벌을 받을 만도 하지. 말을 들어보니 더 확신이 드는군."

암령은 혼자서 세상을 왕따시키는 부류다.

이해는 한다. 나 역시도 그런 부분이 없잖아 있으므로.

하지만 나는 알고 있다. 나 역시도 연결되어 살아가는 존재. 혼자서 활동하고자 하지만 알게 모르게 모든 이와 조금씩 연결되어 있다.

그것을 암령은 부정했다.

-너는 다를 줄 아느냐? 너희들은 항상 '다름'에 차별을 둬선 안 된다고 말하지만 '다름'을 인정하지 못한다. 다른 걸 보는 순간 공격하고, 억지로 자신들에게 맞게 조종하려 들지!

"너는 달랐을 뿐이라고 말하는 거냐? 그래서 네가 봉인됐던 나찰들을 괴롭힌 거고?"

월천 이전에도 암령을 봉인했던 자들이 있었다.

월천이 말하길, 그들 대부분이 폐인이 되거나 죽었다고 했다.

나 역시도 조금만 엇나갔으면 그대로 될 뻔했었다. 암령은 몇 번이나 나를 죽이거나 육체를 빼앗을 기회를 엿봤고, 그럴 때마다 나는 우연찮은 기회와 내가 가진 기지를 발휘하여 벗어날 수 있었다.

-약육강식은 자연의 섭리다. 육식동물이 육식을 하지 않으면 죽듯 나는 자연의 섭리를 행한 것뿐이다! 쥐새끼가 호랑이를 움직일 순 없는 법!

"하지만 너는 손톱도, 이빨도 전부 빠진 호랑이였지. 네가 할 수 있는 거라곤 지금처럼 왱왱대며 떼를 쓰는 것뿐이었다.

결코 자신의 약함을 인정하려 들지 않아."

좌륵!

변화가 생겼다.

여의봉이 따라오는 속도가 조금이지만 느려진 것이다.

덕분에 대처가 가능해졌다.

"너는 약하다. 그래서 봉인당했다. 그래서 농락당한 것이다. 다름을 인정해 달라? 아니, 넌 다르지 않아. 더 강했다면 벌을 받지도, 봉인을 당하지도 않았겠지. 이대로 돌아가 봤자 같은 역사를 반복하는 게 전부일 것이다."

암령. 너에겐 한계를 돌파할 힘이 없다.

억압당하며 떨어진 건 그 때문이다.

-닥쳐라!

"뭘 아느냐고? 잘 안다. 그 무력감……. 아무것도 할 수 없다는 좌절감. 현장이나 천마가 너를 봉인한 건 너의 아집을 깨닫게 하기 위해서였다. 네가 조금 더 강해지길 바랐지만, 결국 너는 달라진 게 없는 듯하군."

-개소리! 놈들은 나를 농락하려 했던 것이다! 놈들은 나를 가둬 자신의 우월함을 인증하려 했을 뿐이야!

"그럼 너의 육체가 왜 이곳에 남아 있는 거지?"

제천대성의 신체를 보자마자 의문이 들었다.

천마는 현계에 자신의 신체를 남겼지만, 그 역시도 결국 '위대한 별'의 모체가 되어버렸다. 어쩌면 현장도 함께 끌려갔을 지도 모른다.

그런데, 암령만은 남아 있다.

암령만은 계속해서 계승되고 있었다.

하물며 그의 신체 역시도 무사히 '봉인'이란 이름하에 이곳에 남겨진 상태였다.

'아아.'

그제야 깨달았다.

천마와 현장은 암령을 일부러 숨겨둔 것이다.

어쩌면, 암령이 그들의 '희망'이었던 건 아닐까.

위그드라실에서 생성된 가짜 신이 아닌, 온전한 진짜 신으로 그 위신을 발휘해 주길 바란 건 아닐까.

누가 뭐라 해도 암령은 제천대성이니까. 감히 옥황상제와 버금간다고 전해지는 그 신 말이다.

'위대한 별'을 만드는 데 어마어마한 신성과 제물이 필요하다. 암령 정도의 신성이었다면 분명히 탐을 냈을 것이지만, 암령만은 온전하게 남아 있었다.

이제야 비로소 이곳이 무얼 하는 장소인지 알 것만 같았다.

'영웅의 무덤. 오로지 진짜를 기리기 위한 장소.'

내가 만난 모든 시련은 진짜였다. 진짜 영웅들만이 내 시련에 동참해 준 셈이다. 천마는 내가 그들과 교감하며 무언가를 깨닫길 바라는 듯싶었다.

하지만 나만이 아니다. 더불어, 암령 역시도 깨우치길 바란 것이었다.

"왜 그들이 너를 남겼는지 정말 모르겠단 말이냐?"

쾅!

정면으로 부딪쳤다.

주먹과 주먹. 냅다 제천대성의 면상 앞으로 뛰어든 탓이다.

곧 뼈가 가루처럼 부서지며 전신의 골격이 뒤틀렸다.

망할!

힘의 차이는 더욱 현격하게 나는 것 같았다.

하지만 나는 제천대성의 눈을 똑바로 쳐다봤다. 곧 암령이 반응했다.

"너만이 바꿀 수 있다. 천마도, 현장도 해내지 못했지만, 너는 가능할 거라고 그들은 믿었다. 혼자서 힘들다면 내가 도와주마. 네가 정말 왕 중의 왕이라면 그에 걸맞은 품격을 보이도록 내가 치장을 해주마."

-헛소리다. 나를 현혹하려 들지 마라……!

흔들렸다.

암령이 흔들리자 제천대성의 육체도 잠시 정지했다.

"너만이 남았다. 내 안에 있었으니 너 역시도 들었겠지. 모든 '신'은 사라졌다. 천마도, 현장도, 네가 증오해 마지않던 그들은 '위대한 별'의 거름이 되었다. 우연히 너만 살아남았다고 생각하는 거냐?"

모든 게 보였다.

이곳, 나찰산에 천마가 둥지를 튼 이유.

굳이 '야차'와 '나찰'을 만든 이유…….

야차는 정말 특이한 종족이었다. 내가 가진 '지배자'의 권능도 거의 통하질 않는 데다, 그 투지만은 하늘을 찌를 정도였다.

오로지 시련을 이겨내기 위해 존재하는 종족.

포기하지 않고, 굴하지 않으며, 맞서 싸우는 투지만은 묘하게 암령과 닮았다.

그들이 만들어진 이유가 곧 암령의 존재 때문이 아니었을까.

오로지 암령을 숨기기 위해 야차라는 종족을 만든 건 아닐까.

'그럼 아귀와 대아귀는?'

풀잎여왕 호라의 반응을 살펴보면 아귀와 대아귀가 처음부터 나찰산에 존재하진 않았던 듯싶다. 그 역시 천마에 의해 생성된 괴물이라면 분명히 이유가 있으리라.

여왕 대아귀라는 녀석을 만나면 보다 확실해질 것이다.

그보다 지금은 암령이 중요했다.

녀석이 깨닫도록 만들어야 한다. 천마와 현장의 진의를. 그들이 암령을 싫어한 게 아니라는 것을.

"그들은 사라졌다. 너만이 살아남았다. 천마가, 현장이, 너만을 살렸다. 그리고 너는 계속해서 분노와 복수심을 씹어 먹으며 생존해 왔다. 그러한 '원동력'이 없으면 너는 진즉에 죽어 버렸을 테니까."

-내가 가진 분노조차 그들이 만들었다는 거냐? 나를 살리기 위해?

"거기까진 나도 모르겠군. 그러니 물어봐야 하지 않겠나? 이대로 단순히 분노에 몸을 맡긴 채 끝낸다면, 단언하지. 너는 아무것도 알 수 없을 것이다. 그러나."

목에 피가 섞였다.

애써 무시하며 계속해서 말했다.

"약함을 인정하고 분노를 가라앉힌 채 냉정하게 주위를 둘러볼 수 있게 된다면, 인정하지. 너는 결코 약하지 않노라고. 그들에게 나는 약하지 않다고 자신 있게 말할 수 있을 거다."

진정한 제천대성의 신위를 되찾을 수 있을 것이다.

그제야 암령의 떨림이 멎었다. 머릿속으로는 부정하고 있으나 조금은 차분해진 듯싶었다.

-나는……

"미련을 버려라. 처음부터 다시 시작하지. 마땅히 그럴 수 있는 기회가 주어졌으니."

-처음부터 시작하라고? 그게 가능하단 말이냐? 그렇다면 이 분노는 어디로 향해야 한단 말이냐. 나는 아직도 그들이 밉다. 너의 말 역시 동의할 수 없다.

"당장은 버리지 않아도 좋다. 하지만 나와 함께하는 여행은 썩 재밌을 거다. 여행의 끝엔 항상 새로운 답이 나오게 되어 있지."

처음으로 암령과 나는 마주 보았다.

정면에서 본 암령은 어린아이와 다를 게 없었다.

어디로 향해야 할지 모르는 철부지 꼬마.

"여행을 떠나자. 테마는 '위대한 별'로 향하는 여행…… 정도로 하지. 네가 현장과 함께했던 그 여행에 비할 바는 못 되겠지만……"

부르르르!

몸이 흔들린다. 뼈가 부서지고 머리가 크게 흔들린 것 같았다.

잠시 주춤거리자 그 순간 털썩! 하는 소리와 함께 몸이 눕혀졌다.

그리고 그대로 의식이 날아갔다.

그에게 여행은 무척이나 괴로운 것이었다.

그에게 있어서 당연한 것들을 행할 때마다 참을 수 없는 고통이 머리를 찔렀다. 억지로 귀신을 잡고, 인간을 도우며 세계를 돌았다.

"모두에게 사랑받는 존재가 되려무나."

현장. 그는 항상 말했다.

하지만 이해할 수 없었다. 왕이 어떻게 사랑받는 존재가 될 수 있단 말인가.

실수를 저지르거나 잘못을 할 때마다 그는 측은지심 한 눈으로 자신을 쳐다보곤 했다.

그 눈빛이, 싫었다.

그리고 세상이 변하며 그 역시도 자신에게서 떠나갔다.

"오공아, 돌아오면 다시 한번 여행을 떠나자꾸나. 허허, 이번에는 네가 원하는 곳으로 가야겠다. 어디로 갈지 미리 생각해 두려무나."

그리고 그는 돌아오지 않았다.

천마와 함께 떠나간 이후 수백, 수천 년이 지났음에도.

'여행을 떠나자고?'

모르겠다.

짐승의 왕인 자신이 누군가와 다시 함께하게 되리라곤 상상해 본 적도 없으니까.

여태껏 부정하고 밀어내기만 했는데, 녀석은 자신을 돕겠다고 말한다.

'새로운 답······.'

물어보고 싶었다.

왜 자신만 두고 떠났느냐고.

왜 자신만 살려둔 것이냐고······.

그러기 위해선 녀석의 말마따나 움직여야 한다.

적응해야 한다.

······여행을 떠나야 한다.

-나는 암령이 아니다. 손오공이라고 불러라.

정신을 되찾자 가장 먼저 들려온 소리였다.

고개를 돌리자 제천대성의 신체가 멀뚱히 나를 내려다보고 있었다.

"무슨 원리로 움직이는 거지?"

암령······ 손오공의 혼은 내 안에 있었다. 저 육체는 말하자면 빈 깡통이다. 안에는 아무것도 들어 있지 않다. 움직이지 않아야 정상이건만, 이제는 의지를 가진 듯 움직이고 있는 것이다.

-모르겠다. 정신을 차려보니 움직일 수 있게 됐다.

"이것도 천마의 안배인 모양이군."

-글쎄. 그러나 완전하지 않다. 근두운도, 변신술도 쓸 수 없으니 반쪽짜리와 다를 게 없어.

말투가 제법 고분고분하다. 이전의 공격적인 분위기와는 백이십도 정도 달라졌다.

아직 띵한 머리를 털어내곤 물었다.

"움직일 수 있으면 굳이 돌아가지 않아도 되는 거 아닌가?"

-아직은 제약이 많다. 내 전성기의 힘을 낼 수 있었다면 너 따위는 3초 이내로 박살 냈을 테니까.

"그거 참 대단하군."

영혼 없는 목소리로 답변한 뒤 주변을 둘러봤다.

시련을 깨기 위해선 제천대성이 가지고 있는 '열쇠'를 찾아야 한다고 했다.

그리고 건너편에 거대한 검은색의 돌덩이가 올라가 있는 걸 보면, 아마도 제천대성의 육체 자체가 그 열쇠인 모양이었다. 그 무지막지한 괴력으로 저 바위를 들어 올린 것이다.

"내가 얼마나 잠들어 있었지?"

-인간 세상의 기준으로 6시간.

"4일…… 쉽지 않겠는데."

벌써 11일이 지나가고 있었다. 크투가와 약속한 15일 중 4일밖에 남지 않았다.

열두 가지 시련 중 아직도 네 개가 남았으니, 단순 계산을 하자면 하루에 하나 이상을 깨야 한다.

여태까지의 진행 속도로 보면 어렵다.

잠시 제천대성의 육체를 바라봤다. 이 정도라면 능히 천마와 비견할 수 있지 않을까? 크투가의 입을 다물게 하기엔 충분하다 못해 넘칠 터.

'이 녀석이 가만히 있지 않겠지.'

손오공은 아직 미련을 전부 버리지 못했다. 여기서 육체를 크투가에게 넘겨줬다간 스스로 자폭이라도 해버릴지 모른다.

결국은 나머지 시련을 깨야 한다는 말.

-포기할 거냐?

"내가 쉽게 포기하는 놈으로 보이나?"

-미련할 정도로 우직한 놈이긴 했지.

피식 웃었다.

여태껏 그런 시선으로 나를 평가하고 있었단 소리다.

그리고 그 평가가 정확했다.

포기하지 않는다. 워낙에 많은 시련과 맞부딪치다 보니, 이제는 '피하지 못하면 즐기자'는 마음마저 생길 정도였다.

여러모로 정상은 아니다.

고개를 절레절레 젓고는 녀석을 향해 말했다.

"그럼, 여행을 떠날 준비는 됐나?"

영웅의 무덤.

영웅의 시련.

그토록 내가 싫어하고 혐오했던 그 이름이 내게 정면으로 도전해 왔다.

애당초에 영웅이란 무엇인가.

'희생하는 자. 희생을 전제로 살아가는 자.'

불합리의 끝을 달리는 게 바로 그 이름이었다.

강요를 하거나, 당하거나.

정상적인 환경에선 결코 나올 수 없는 이름이 바로 '영웅'이었던 것이다.

그런 의미에서 보자면 차라리 악당이 낫다. 그들은 서로에게 희생을 강요하진 않으므로. 오히려 이득의 분배나 확실한 입장에서의 차이는 '악당'이라 불리는 측이 합리적일 때가 많았던 탓이다.

그래서 영웅이 되지 않겠다고 마음먹었다.

그런데 지금, 나는 영웅의 시련을 받는 중이었다.

"오한성, 왜 나를 죽였지?"

"왜 나를 죽음으로 몰고 간 거냐. 너를 믿었는데."

망자들의 목소리가 들렸다. 그들은 내가 필요에 의해 죽였던 죄 없는 사람이었다. 혹은 나로 인해 죽음의 문턱에 발을 들인, 또 다른 영웅이거나.

"왜 너만 살아남았느냐. 너는 우리를 희생시켜서 '최후의 영웅'이 된 것이다. 영웅의 그릇이 안 될 놈이 영웅이 되었으니 세계가 멸망한 것이다!"

우리엘 디아블로. 놈을 죽이기 위해 499명의 영웅이 쓰러져 갔다. 나 역시도 그때 죽었어야 했으나 우연찮게 살아남아 우리엘 디아블로의 가슴팍에 검을 꽂을 수 있었다.

"아들, 조금만 더 빨리 오지 그랬니?"

"신발을 갖고 싶다고 노래를 부르지 않았다면 죽지 않았을 텐데."

떠올랐다.

부모님이 돌아가신 계기는 내 생일 때문이었다.

생일선물을 사기 위해, 그 신발 한 켤레를 사려고 차를 몰고 나갔다가 끝내 돌아오지 못했다.

내가 축구화를 갖고 싶다고 말하지 않았다면 부모님은 돌아가시지 않았을 거다.

그래서일까?

그 죗값이란 말인가.

회귀한 이후에도 그 시기가 틀려 버렸다. 부모님을 구할 수 없었고, 그것은 마치 '정해진 미래는 바꿀 수 없다'고 어느 신이 내게 말하는 것만 같았다.

'나는 죄가 많다.'

나 스스로도 알고 있었다. 내가 지은 죄는 영웅이라 칭하기엔 너무나도 많다는 걸.

그래서 나는 세계를 구하고자 했다.

어쩌면 죄를 씻기 위해 행한 선택일지도 몰랐다.

망자들은 내게 말하고 있었다.

"너는 어느 한 곳에도 안착할 수 없다. 계속해서 죽이며 죽는 게 너의 숙명이다. 쉬지 않고 달리지만 네가 쉴 곳은 어디에도 없지."

틀린 말은 아니었다.

안착할 장소. 내겐 그러한 장소가 없었다.

항상 움직이며 적을 죽여야만 했기에.

테러의 위험으로부터 몸을 숨기고자 오랜 시간 같은 장소에 머문 기억이 없었다.

회귀한 이후에도 그것은 크게 달라지지 않았다.

오한성의 몸으로도, 우리엘 디아블로의 강인한 육체로도 나는 항상 가시밭길을 걷는 기분이었으니까.

어느 한쪽이 죽으면 다른 쪽도 죽는다. 그러한 긴장감. 내가 있을 장소가 아니라는 압박감. 그런 것들이 없었다고 한다면 거짓말이다.

"난 영웅이 되지 않을 거다."

부정한다. 망자들의 말에 귀를 기울이지 않았다.

저들이 말하는 영웅론은 알 바 아니었다. 그러한 무게를 나는 다시 짊어지고 싶지 않았다.

단지.

"난 힘이 조금 센 불량배일 뿐이야."

나 스스로의 자아를 보다 확고히 만들었다.

나는 불량배다. 언제나 허리와 목을 꼿꼿이 든 채로 내 마음대로 살아가는 그런 불량배 말이다.

회귀 전에도, 후에도 내겐 차라리 불량배란 이름이 알맞다.

영웅은 달리 영웅이 아니다.

스스로의 잘못을 인정하고 그 죄를 씻기 위해 노력하는 자야말로 영웅이었다.

또한 영웅은 완벽한 존재가 아니다.

모진 시련을 겪으면서도 자신을 잃지 않고, 반성할 줄 아는 자가 영웅이었다.

나와는 정반대이지 않은가.

"내가 좌절하길 바라나? 내가 절망감에 짓눌려 포기하길 바라는가? 안 됐군. 나는 과거를 후회하지 않으니."

망자들의 머리를 짓밟았다.

그들의 죽음으로 말미암아 나는 또 다른 기회가 생겼다고 생각한다.

그리고 그들의 죽음이 없었다면, 나는 다시 돌아오지 못했을 것이다.

가끔은 불량배가 세상을 구하기도 한다.

하지만 쉽사리 지나갈 수 없는 관문이 하나 있었다.

부모님. 내가 유일하게 후회하는 게 있다면 바로 그들의 죽음이었다. 조금만 더 빨리 돌아왔다면, 생일날 축구화를 바라지 않았다면, 그랬다면······.

"······모든 게 끝나면, 그때 뵙겠습니다."

짧게 고개를 숙이곤 앞으로 나아갔다. 뒤를 돌아보지 않았다.

그래야만 할 것 같았다. 뒤를 돌아보는 순간 과거에 잡혀 다시는 빠져나올 수 없을 것만 같은 기분이 들었다.

이어 문을 빠져나가자 제천대성의 신체가 팔짱을 낀 채 나를 기다리고 있었다.

-불량배가 뭐냐?

"너 같은 녀석을 말할 때 쓰는 말이다."

-굉장히 긍정적인 단어인가 보군.

어깨를 으쓱했다.

손오공이 합류한 이후 시련을 깨는 속도가 올라갔다. 그리하여 마침내 11번째 시련을 깬 것이다.

[시련을 완료했습니다.]

[열두 번째 시련을 시작합니다.]

['여왕 대아귀의 만찬'에 초대되었습니다.]

'위대한 별'의 소동이 있고 며칠이 더 지났다.

"원인이 뭐지?"

"차원막'이 벗겨지진 않았지만 한 번 더 그런 소동이 생긴다면……."

"'위대한 별'이 벌써 의지를 갖게 된 건가? 그렇다면 누구의 영향을?"

암흑인들이 분주하게 위대한 별의 주변을 돌며 원인을 찾고 있었다.

그런 그들을 바라보며, 커다란 금빛 왕관을 쓴 '공작'이 턱을 쓸었다.

"흐레스벨그께선 대답이 없으신가?"

"'위그드라실'의 문을 두드려 봤지만 열리지 않았습니다."

공작의 앞에 부복한 암흑인 하나가 안타깝다는 어조로 답했다.

공작은 앓는 소리를 내며 이맛살을 구겼다.

위대한 별을 아직 반절도 채워지지 않았다. 최근 둠이 팔콘과 그의 무리를 사냥하며 상황이 나아졌지만 그럼에도 많이 부족했다.

완성되지 못한 채로 움직이게 된다면 위대한 별은 부서지고 말 것이다.

그랬다간 비원을 이루지 못한다. 니드호그를 죽이고, 허무의 '진짜 신'들을 끌어들이는 이 계획에는 반드시 '위대한 별'이 필요했다.

공작이 위대한 별을 바라봤다.

"불안정하군. 무언가에 끌리듯 움직이고 있어."

"혹시…… 잃어버린 '육체'를 누가 찾은 게 아닐까요? 혼과 육체는 서로 잡아당기게 마련. 위대한 별의 모체가 된 '그'의 정신이 깨어났을 수도……."

"헤라클레스의 육체 말이냐? 아서라. 차원 어딘가에 고립되어 있는 게 분명하다. 그리고 설령 육체를 누군가가 찾았다고 하더라도 그가 깨어날 가능성은 만에 하나조차 없다."

오로지 신성만을 취했다. 헤라클레스의 혼은 이미 사라졌다. 육체를 찾는다 해도 그의 혼이 다시 깨어날 리 없는 것이다.

"그렇다면 대체 왜……."

"제기랄, 그걸 알았다면 진즉에 조치를 했겠지!"

공작이 버럭 소리를 내질렀다. 그 역시 답답하긴 매한가지였다. 위대한 별이 무엇에 반응해 움직이는지 도통 알 수가 없었다.

"어쩔 수 없군. 전쟁을 본격화시켜야겠어."

"데몬로드의 전쟁을 말입니까?"

"위대한 별을 시급히 완성시켜야 한다. 불안정하지만 않으면 돼."

"둠을 밀어줄 생각이신지요?"

"아니, 우리는 여전히 '중립'을 지킨다. 우리가 할 건 '균열'을 더욱 빠르게 확장시키는 것이다. 더불어 본격적인 '경매'도 열도록 하지."

최후의 전장, 지구.

그곳으로 빠르게 이동하는 수밖엔 없다.

그러기 위해선 준비해 놓은 모든 걸 뿌려야 한다. 본격적인 전쟁이 시작되면 풀려고 했었던 물량들을 당장에 풀어야 하게 생겼다.

하지만 위대한 별을 잃는 것보단 낫다.

게다가…….

쿠르르릉.

콰아아아아앙!

심연 전역에서 검은 번개가 내리쳤다.

일반적인 번개가 아니다.

'그녀의 꿈이 변하고 있다.'

흐레스벨그가 자신의 목숨처럼 애지중지하는 그녀, 라타토스크. 그녀의 꿈으로 말미암아 모든 게 생기고 사라진다.

그리고 저 검은 번개는 그녀의 심리가 변하고 있음을 알려주는 단편적인 증거물이었다.

'누군가가 그녀의 꿈에 개입한 건가? 하지만 흐레스벨그께서 용납하지 않을 터인데…….'

모든 게 뒤죽박죽이었다.

확실한 건, 빠르게 움직이지 않으면 모든 시기를 놓칠 수도 있다는 거다.

공작이 입술을 깨물었다. 그들도 여유롭지만은 않았다.

여왕 대아귀는 내가 생각한 모습이 아니었다.

여타 다른 아귀들처럼 끔찍한 외형일 줄 알았는데, 눈앞에 놓인 여왕 대아귀는 무척이나 신비한 분위기를 연출하고 있었다.

"반가워요. 두 번째 만남이군요."

"두 번째 만남이라고?"

인상을 구겼다. 분명히 처음 보는 여인이다.

여인은 눈을 감고 있었고, 나비의 날개로 만든 것만 같은 옷을 입고 있었다.

또한 하늘까지 닿을 정도로 커다랬다.

그녀가 잔잔한 미소를 머금은 채, 내 의문에 답을 해주었다.

"제 이름은 크로노스. '시간'을 관할하는 태초 신입니다."

"우라노스의 아들?"

잠시 멈칫했다. 내가 아는 크로노스는 대지의 신 가이아와 천공신(天空神) 우라노스 사이에서 태어난 아들이란 것이었다.

제우스의 아버지이며 자식들을 집어삼키는 비정한 신으로 묘사되는 그가 대관절 왜 내 앞에 여성체의 모습으로 나타났단 말인가?

하지만 스스로를 크로노스라 소개한 여인이 고개를 저었다.

"저는 시간의 '정의 그 자체'입니다. 그대가 아는 크로노스와는 다른 존재이며 본래라면 무형(無形)으로 존재해야 했지요.”

그녀가 시간 그 자체라는 뜻이다.

하지만 시간은 형체가 없다.

그런데 지금, 내 앞에서 그녀는 분명히 형체를 보이고 있었다.

“시간은 태초부터 존재했기에 저 역시 신이라 불렸습니다. 그러나 형체가 없던 저는 모든 시간과 공간, 차원을 초월해 ‘관념’으로 자리 잡은 상태였습니다. 이런 제게 형체를 부여한 것은 그녀, 알레테이아(alētheia)입니다.”

“라타토스크 말이냐?”

알레테이아. 진리. 그녀가 위그드라실의 라타토스크라고 나는 알고 있었다.

“반은 맞고 반은 틀렸습니다. 지금 위그드라실에 있는 그녀는 레테(lēthē), 망각의 존재. 모든 것을 잊고 새로 쓰며 무한하게 증식하고 있죠. 그리고 저는…… 그녀가 남긴 것들의 박탈과 결여를 담당하게 되었습니다.”

망각의 강으로 불리는 레테강, 그와 마찬가지로 라타토스크가 망각의 존재라는 말이었다.

“하나에서 둘로 나뉘었단 건가?”

“비슷합니다. 진리가 둘로 쪼개진 겁니다. 나머지 반을 담당

할 그릇이 없어 그녀는 시간의 개념 그 자체였던 제게 역할을 부여하게 된 거죠."

"머리가 따라가질 않는군. 그 대단한 관념이 왜 '여왕 대아귀'라고 불리고 있는 거지?"

제일 이해할 수가 없는 부분이었다.

이곳은 영웅의 무덤. 헤라클레스와 마찬가지로 12가지 위업을 달성해야만 이곳에 들어올 수 있었다.

그런데 마지막에 기다리는 게 '시간'이라니.

"아귀는 라타토스크가 새로 만든 영혼들을 거둬와 결합한 존재들입니다. 아귀의 형체로 봉합된 망자들은 시간이 지나면 자연스럽게 사라지게 되어 있습니다. 본래는 존재하지 않았어야 할 존재들. 그들을 세계의 균형에 맞춰 자연스럽게 순환하도록 만드는 게 저의 역할."

"……아무거나 먹어치우는 괴물이 아니었나?"

"존재해야 하지 않았을 망자이기에 자신에게 부족한 것을 채우고자 주변의 모든 걸 포식하려는 습성이 있습니다."

물으면 답해준다.

이토록 친절한 신은 처음 만나봤다.

하지만 내심 걸리는 게 있었다.

"나를 두 번째 만난다고 했는데 나는 그쪽을 본 기억이 없군."

"그대가 시간을 거슬러 돌아올 때, 그대는 저를 만난 적이 있습니다."

미간을 구겼다. 돌아올 때?

나는 그날 알레테이아의 교단을 일망타진했다. 교주를 죽이고, 교단을 파괴했지만 LA에 나타난 괴물로 인해 죽고 말았다.

그 뒤 다시 눈을 뜨자 나는 고등학생의 신체로 돌아가 있었다.

내가 의심쩍은 눈빛을 보내자 그녀가 고개를 끄덕였다.

"기억하지 못하는 게 당연합니다. 그때의 저는 관념 그 자체. 자아 없이 시스템적으로 돌아가는 시계장치의 부품과도 같았기에."

"지금은 자아가 있다는 건가?"

"예, 그대가 '그'의 역행에 끼어들며 차원의 축에 큰 변화가 생겼습니다. 빅뱅과도 같은 큰 폭발이. 그대로 인해 '나'에게 자아가 부여됐고, 차원의 붕괴 속도는 더욱 빨라지기 시작했습니다."

내가 민식이의 회귀에 편승하게 된 걸 말하는 걸까?

하지만 그로 인해 엄청난 변화가 있었다는 말은 쉽사리 이해가 되지 않았다. 적어도 내가 움직이기 전의 세상은 내 기억과 크게 다르지 않았다.

이후의 흐름은 분명히 달라졌으나 오차 범위 내였다.

"내가 멸망을 촉발하는 촉매제라도 된다는 말 같은데."

"그대는 진리 파괴자. 진리를 부정하고, 진리를 멸하는 존재. 그대가 움직일 때마다 차원의 축은 틀어지고 있습니다. '진리의 사도'와는 정반대의 역할을 수행하고 있는 겁니다."

"진리의 사도?"

"그대와 함께 돌아온 자. 그자는 '라타토스크'가 선택한 진리의 사도입니다. 그자는 망가진 축을 복구할 사명과 함께 돌아왔습니다. 그것은…… 저와 그녀를 다시금 하나로 합치는 일."

본래는 하나였던 알레테이아가 둘로 나뉘었다.

라타토스크, 그리고 지금 내 눈앞에 있는 크로노스.

민식이는 그 둘을 하나로 합칠 사명을 띠고 돌아왔다는 뜻이다. 아무런 이유 없이 회귀를 한 게 아니라.

하지만 녀석은 그 사실을 알고 있을까?

"그러나 운명의 힘이 둘로 나뉘어 그자는 자신의 사명을 잊게 되었습니다. 진리 파괴자, 당신으로 인해."

"파괴자라는 어감이 썩 듣기 좋진 않군. 나는 차원과 세계를 파괴할 생각이 없다."

"그대의 출현으로 제게 자아가 싹튼 시점에서, 그녀와 저는 하나로 다시 합쳐질 수 없게 되었습니다. 그대의 존재 자체가 이미 진리를 파괴한 것입니다."

존재 자체가 잘못되었다는 말이 달가울 리 없었다.

내가 원해서 된 것도 아니고 내 딴에는 나름 열심히 세상을 수복하고자 노력하고 있는데도 말이다.

"그럼 너희 둘을 합치면 세계가 원래대로 돌아온다는 뜻이냐? 괴물이 없고, 각성자가 없는 평범한 세계로 돌아갈 수 있다고?"

"모든 게 정상으로 돌아가지만, 시간 자체를 돌릴 힘은 이제 남아 있지 않습니다. 모든 것이 남긴 흔적은 천천히 시간이 흐를수록 퇴화됩니다."

지구의, 인류의 상처는 어쩔 수 없다는 이야기였다.

아예 모든 게 정상적인 세계로 돌아간다면 그것도 나쁘지 않다고 생각했지만 크로노스는 그 부분을 원천봉쇄 했다.

"너희 둘을 합치려면 어떻게 해야 하지?"

"가능성은 낮지만, 진리의 사도를 죽이고 그의 사명을 뒤집어쓰는 것입니다."

"녀석을 죽여라⋯⋯?"

떨떠름한 표정을 지었다.

녀석. 민식이를 죽이면 낮은 확률로 녀석이 본래 가지고 있었던 사명을 내가 잇게 된다는 뜻인데, 정말 피도 눈물도 없는 방법이었다.

"다른 방법은?"

"그대가 죽으면 정상적으로 진리의 사도가 가진 사명이 더욱 밝아지겠죠."

"다른 방법은?"

"니드호그와 흐레스벨그를 소멸시키면 위그드라실이 정상적으로 작동하며 모든 틈을 복구시킬 겁니다."

"좋아, 그거로 하지."

간단명료하고 좋다. 균열을 만든 흐레스벨그, 세계를 멸망시킬지도 모르는 니드호그. 둘 다 내 기준에 있어선 그놈이 그놈이었다.

"하지만 제게 깃든 자아를 제거할 방법은 대현자, 흐레스벨그만이 알고 있습니다. 그를 죽여 틈을 복구하더라도 저라는 불확정 개체가 남아 있는 이상 언제 다시금 이변이 생길지 모르는 일."

흐레스벨그를 죽이면 그 방법을 알 수가 없다. 하지만 그 '진리의 사도'라는 역할을 이어받아도 불확정한 건 마찬가지였다.

"이곳에 있는 건 천마의 의지인가?"

"예, 이곳을 빠져나가면 흐레스벨그가 알아차릴 가능성이 매우 높습니다. 그는 제가 이곳에서 망자들을 다스리며 가만히 있는 것을 추천해 줬습니다."

천마. 헤라클레스. 크로노스가 이곳에 있는 것 역시 그의 뜻이었다.

하지만, 그녀를 숨기기 위해 12가지 시련을 만든 것 같지는 않았다.

"천마는 내가 이곳을 찾아오리란 걸 알았나?"

"아니요."

"내가 아닌 다른 누군가가 찾아올 거라 생각했나?"

"모르겠습니다."

여태까지처럼 명확한 답변이 아니었다.

천마도 그녀에게 이 시련들의 진위를 알려주진 않았다는 뜻이다.

왜?

'시련을 깨면 크로노스를 만나게 된다. 그녀는 궁금했던 것에 대한 답을 내려주지만, 그것으로 끝인가?'

어쩌면 천마조차 해결하지 못한 숙제가 있었던 것은 아닐까.

이곳은 시련이자, 시험이자, 성찰의 장이다.

암령은 조금의 미련을 놓고 여행을 떠나는 것을 받아들였다.

제천대성으로서의 자신과 현장 등과 함께 여행을 떠났던 때의 자신을 비교하며 끊임없이 고민하기 시작한 것이다.

그녀 역시 마찬가지였다.

시간. 관념으로 존재해야 할 자신이 자아를 갖게 된 것에 혼란을 느끼고 있는 듯했다.

'자신의 자아를 없애야 한다고 주장하고 있지.'

자아가 깃들며 불확실성이 높아졌기 때문에 그녀 스스로가 세계에 멸망을 가져다주는 존재라고 말하고 있었다.

진리는 확실한 것. 불확실성은 용납하지 않는다.

하지만 그녀의 말마따나…… 내가 진리 파괴자라면.

그러할 운명을 타고났다면, 차라리 모든 진리를 파괴시켜 처음부터 시작하는 것도 나쁘지 않을 것 같았다.

천천히 손을 내밀었다.

"함께 떠나지."

"저는 이곳에서 움직여선……."

"가만히 있어서 해결되는 건 없다. 그리고 천마가 자신이 겪은 '열두 가지 시련'을 모방하며 내게 시험을 내린 건, '영웅'의 크기를 알아보기 위해서다. 모름지기 영웅이란 비합리적인 일에도 헌신적으로 나서야 할 때가 있지. 예컨대 갇혀 있는 공주님을 구하는 것과 같은."

영웅.

이 얼마나 비합리적인 이름인가.

영웅.

이 얼마나 오만하고 독선적인 이름인가.

나는 영웅이 아니다. 불량배, 양아치 따위가 어울린다.

그만큼 불안정하고, 변덕적이며, 덕분에 때로는 영웅과 비슷한 일을 하기도 한다.

"제가 이곳을 나가게 되면 흐레스벨그가 알아차리게 됩니다. 저와 그녀의 힘 두 가지 모두를 얻는다면 니드호그조차도 그를 막아설 순 없게 되겠죠."

"이곳에 가만히 있으면 무언가가 달라지나? 네가 말한 '진리의 사도'도 자신의 사명을 망각한 상태다. 네가 믿고 의지했던 천마 역시 지금은 위대한 별의 거름이 되었지."

헤라클레스는 이곳에 희망을 남겼다.

제천대성, 손오공.

그리고 시간의 관념 자체인 그녀를.

이 둘 모두를 얻어야 한다. 이것이 천마가 남긴 진정한 안배라는 생각이 들었다.

진정한 영웅을 가리는 시련. 때로는 위험을 감수하면서도 작은 하나를 구하는 게 영웅이었으니!

"이대로 손 놓고 구경한다면 세계는 멸망하게 되어 있다. 하지만 이 손을 잡는다면 만에 하나라도 뭔가가 바뀔지도 모르지. 시작되지 않을 수도 있지만, 대부분의 시작은 작은 것에서부터 출발하는 법이니까."

"그대는…… 확실히 '사도'는 아니군요."

"나는 저 위에 존재하는 놈들은 믿지 않아."

나 자신을 믿는다.

나를 책임지는 건 다른 누구도 아닌 '나'이므로.

어쩌면 이 선택이 틀렸을 수도 있다. 하지만 이 선택 역시 나의 선택이었다.

손을 내밀어 천천히 얼어붙은 것처럼 차가운 크로노스의 손을 쥐었다.

"여행을 떠나지. '위대한 별로 떠나는 여행'이니, 너에게 깃든 자아의 종착역 또한 알 수 있을 거다. 과연 그 자아가 필요 없는 건지, 아니면 필요성에 의해 생겨난 건지 말이야."

여행의 끝에 답이 있다.

손오공도, 크로노스도, 나도.

여행이 끝나면…… 분명히 마땅한 답을 내릴 수 있을 것이다.

쿠르르르룽!

문이 열렸다.

현계로 향하는 거대한 문.

풀잎여왕 호라가 그곳으로 향하는 밧줄을 만들어주었다.

그곳에 올라 현계로 들어서자 약간 몽롱한 기분이 들었다.

하지만 길이 열려 있었다.

마치 나를 기다리고 있었다는 듯 빛이 쏟아지며 길고 긴 길을 만든 것이다.

그리고 어느덧…… 내 앞에, 그가 있었다.

'천마.'

천마. 하늘의 마귀. 누가 붙인 이름이 아니다. 그는 스스로를 그렇게 낮췄다.

내가 아는 헤라클레스는 영웅이다. 열두 가지 과업을 달성하고 자신의 죄를 씻어내 신의 자리에 오른 자.

그는 왜 '천마'라는 이름을 사용한 걸까?

"내 생각이 너무 짧았군."

그의 신체 앞에서 나는 나의 작음을 인정했다.

처음엔, 그저 크투가에게 그의 신체를 주며 전력을 강화시킬 생각 외엔 없었다.

하지만 시련을 달성하고 손오공과 크로노스를 만나며 동시에 나조차도 돌아볼 수 있게 되었다.

내가 진정으로 바라는 것. 내가 진정으로 원했던 것.

나는 처음부터 영웅이 되고 싶지 않았다. 나는 그저 욕심 많은 인간이었고 상황에 의해 그런 자리에 '우연히' 섰을 따름이다.

"너 역시도 스스로를 영웅이라 생각하지 않았겠지."

헤라클레스. 8개월 난 갓난아이가 두 마리 뱀을 죽였으며,

괄괄한 성격 탓에 스승을 죽이기도 하고, 술독에 빠져 아이와 아내를 죽이고, 끝내 자신을 도왔던 이마저 죽였다.

이후 자신의 죄를 씻는다는 미명 아래 '12가지의 시련'을 해결해 나가지만, 시련을 해결한들 자신이 지은 죄는 결코 사라지지 않는 법이다.

인간들에 의해, 신들에 의해 '영웅'이라 불렸으나, 아마도 그는 나와 같은 심정이 아니었을까.

그래서 '천마'라고 스스로를 부른 게 아니었을까.

'누군가가 치켜세워 주는 고통. 그만한 그릇이 아님에도 억지로 노력해야 하는 절망감.'

잘 안다. 나는 그의 고민에 공감할 수 있었다.

우리 둘은 닮았다.

하지만 결정적으로 다른 부분이 있었다.

그는 결국 '영웅'의 타이틀을 버리지 못했다는 것이다.

세계를 구하고자 수많은 안배를 해놓고, 결국 자신마저 죽고 말았으니까.

"나는 너처럼 미련하게 하지는 않을 거다. 필요하다면 주저 없이 다른 이들의 희생을 강요할 것이다. 너는 끝까지 가면을 쓴 채 영웅의 길을 가려고 했지만, 내가 가고자 하는 길은 나 혼자만의 안락함이니까."

그는 가면을 썼다. 본심을 숨기고 영원히 영웅으로 살았다.

이곳에 육체를 남겨둔 것도, 손오공과 크로노스를 지키고 있었던 것도 오로지 '세계의 구원'을 위해서다. 구원을 위해 모든 걸 내던진 것이다. 결국 자기 자신만은 구원하지 못한 채로.

하지만, 나는 모든 걸 구원해 보일 터였다.

나 자신에게도 답을 내리며 여행에 종지부를 찍으리라.

그러기 위해선.

"너는 너를 대신할 진짜 '영웅'이 나타나길 바랐겠지만."

한 발자국, 앞으로 내디딘다.

그의 신체는 완전무결했다. 인간으로 쌓아 올릴 수 있는 극한. 생명체의 최종 진화와 같았다. 하지만 그 안은 텅텅 비어 있었다.

"나는 네가 생각하는 그런 영웅이 아니다."

누구의 말마따나, 나는 오히려 파괴자의 기질이 어울렸다.

내가 하고자 하는 구원은 헤라클레스의 구원과도 달랐으므로.

모든 걸 부수고, 다시 처음부터 시작한다. 니드호그와 흐레스벨그를 죽인 뒤…… '위대한 별'마저 없애버릴 것이다.

허무의 신 따위는 필요 없다.

또한 문제가 된다면 위그드라실마저 무너뜨리고, 심연도 붕괴시킬 각오가 되어 있었다.

내가 바라는 건 시작이다. 새로운 시작. 여정이 끝나고 다시금 반복되는 그 시작 말이다.

"……각오를 다지게 해줘서 고맙군."

그의 육체를 향해 손을 뻗었다.

비로소, 모든 준비가 끝났다.

'적이 너무 많아.'

라이라가 인상을 찌푸렸다.

눈앞에 쌓인 사체의 산. 이곳은 왕도(王都)였으나 적들은 아랑곳하지 않았다.

본격적인 암습이 시작되고 벌써 며칠이 지났는지 알 수가 없었다.

하지만 적은 많고 아군은 적었다. 이그닐과 크투가, 라이라가 합심하여 암살자들과 대치하고 있었으나 그것도 한계에 봉착했다.

후욱, 후욱.

현기증이 돌았다. 대놓고 공격함에도 누구 하나 도와주지 않았다.

군단장들은 외면했고 태양교의 교주는 발만 동동 굴리고

있었다.

이 모든 게 십 일이 넘도록 나타나지 않고 있는 태양왕 때문이다.

"그사이에 도망이라도 간 거 아닌가?"

"백색의 왕은 한계가 있겠지. 부하들만 내버려 두고 혼자 숨어선……."

군중의 반응도 서서히 기울기 시작했다.

습격자들은 어느새 '도전자'라는 이름으로 태양왕의 권위에 도전하는 자들로 바뀌어 있었고, 그것을 누구 하나 제지하지 않는 상황.

"교주님, 이대로 지켜만 보실 겁니까?"

그리고 왕성의 앞에서 코로나가 집결시킨 교도들과 함께 그 상황을 지켜보는 중이었다.

연설 이후, 마음을 돌린 마족들이 있었다. 그들을 교주가 한곳으로 모아 결집시켰지만, 정작 태양왕이 모습을 보이지 않아선 명분이 없다.

"군단장들이 암묵적으로 동의하고 있는 상황입니다. 왕께서 모습을 보이지 않으시니 대놓고 등을 돌리기 시작했습니다. 지금 저희가 할 수 있는 것이라곤 왕께서 모습을 보이시길 기다리는 것뿐……."

교주, 코로나가 주먹을 꽉 쥐어 보였다.

태양왕 우리엘 디아블로. 그는 분명히 달랐다. 다를 것이라고 믿었다.

하지만 과한 믿음이었을까?

어째서 그는 공격이 계속되고 있는 와중에도 모습을 보이지 않는단 말인가.

그가 나타나기만 한다면 교주도 명분을 세울 수 있다. 군단장들도 지금처럼 대놓고 배반 행위는 하지 못할 것이다.

하지만 당장은 그 명분이란 게 없다.

'이대로 시간이 흐르면 결국…….'

암담하다. 군단장들은 라이라마저 죽일 생각이었다. 왕의 핏줄을 모두 없애고 그 자리를 '어쩔 수 없다'는 말로 차지하려 들 테다.

전쟁이 시작될 것이었다.

그리고 지금과 같은 때에 결속이 흐트러지면 다른 자들에게 먹히겠지.

'제발, 제발, 모습을 보이십시오. 제가 지켜드리겠습니다.'

대부분의 마족이 태양왕을 욕하고 있었다.

백색의 왕. 역대 가장 약한 불꽃을 피워낸 왕이라 하여.

기대치가 낮았던 만큼 모습을 숨기자 '그럴 줄 알았다'는 반응이다.

하지만, 그날 그가 보았던 태양왕은 분명히 달랐다.

함께 호흡하며 아무리 높은 벽이라도 뛰어넘을 수 있을 것만 같았다.

착각이었나? 잘못 본 것이었을까.

"저들은 왜 필사적으로 왕성을 지키고 있는 걸까요?"

"왕이 도망갈 시간을 벌려는 게 아니겠습니까?"

왕의 연설을 듣고 모인 교도들조차도 혼란스러워하고 있었다.

최악이다. 이들이 흩어지면 왕이 나타나도 흐름을 막을 수 없다.

교주는 아직 믿음을 저버리지 않았다.

이들이 흩어지는 것만큼은 막아야 했다.

이들은 변화의 시작점이니까.

"저토록 강렬한 불의 정령은 본 적이 없습니다. 왕께선 지금 진정한 왕으로 거듭나기 위한 준비를 하고 계신 것일 뿐입니다."

특히 불의 정령으로 보이는 저것은 무척이나 막강했다.

무한하게 불의 장벽을 세우고, 침입자들을 불태웠다. 저토록 강렬한 '불꽃'은 태양 외엔 본 적이 없었다.

그야말로 태양이 돕는 왕이라 할 수 있음에도 상황은 어려웠다.

더욱 짙은 어둠이 찾아들고, 바람과 수많은 태풍이 찾아올

수록 불꽃도 함께 약해지고 있었다. 저 불꽃이 꺼지면, 왕은 죽는다.

도망갔다 하더라도 '왕'의 죽음은 같았다. 그가 다시 왕이 되는 일은 없을 터였으므로.

"인내하십시오. 기다리십시오. 태양께서 저희를 이끄실……."

"태양왕은 어디 갔느냐! 이들의 목소리가 들리지 않는가? 너는 이미 우리를 이끌 자격을 상실했다!"

……최악이었다.

그 목소리를 듣고, 교주는 이마를 짚었다.

6군단장. 거대한 몽둥이를 든 채 그가 왕성으로 돌격하는 게 보였다.

"자격을 상실한 왕을 내가 끌어내린다! 이는 나의 욕심이 아니다! 민중의 목소리를 대변하는 것이다! 우리에게 겁쟁이 왕은 필요 없다!"

저들은 결국 명분을 찾은 모양이었다.

자신의 뜻이 아닌 수천만 마족의 염원이라는 포장으로 대놓고 욕심을 드러낸 것이다.

막아야 한다. 군단장이 직접적으로 개입한다면 더욱 일은 어려워진다.

"그만두십시오! 군단장과 왕의 충돌은 여태껏 전례가 없는 일입니다!"

"닥쳐라! 네가 왕의 앞잡이인 걸 모를 줄 아느냐! 몰래 죄 없는 이들을 모아서 세뇌시키고 있다는 걸 우리가 모를 줄 아는가!"

6군단장은 강을 아예 건너 버렸다.

교주를 정면에서 부정했다는 건, 태양교를 부정했다는 뜻과 일맥상통한다.

무력으로 모든 걸 갖겠다는 뜻이다. 융합되지 않고 강제적으로 처리한다는 말이었다.

다른 군단장들이 아직 나서지 못하고 있는 건, 교주가 왕성 앞에 진을 치고 있었기 때문이기도 하였다.

교주는 정신적 지주다. 그를 은연중 따르는 마족이 많았다. 그래서 역대 어느 왕들도 대놓고 교단을 핍박하지는 못했다.

하지만 6군단장만은 달랐다.

우르르르르!

6군단장의 뒤에서 지옥마를 탄 천을 헤아리는 기사들이 미친 듯이 진격하기 시작했다. 정예 중의 정예. 군단장들이 저마다 숨겨놓은 자신만의 전력 중 하나.

이전 태양왕들을 섬길 때도 웬만하면 꺼내지 않았던 카드를, 현재의 태양왕을 죽이고자 거침없이 꺼내는 것이다.

"교주, 이미 대세는 기울었다. 아무리 멍청해도 지금 상황이

어렵게 돌아간다는 건 판단했을 텐데?"

"그대가 하려는 건 반란입니다. 태양왕의 자손들이 그대를 따를 것 같습니까?"

"그러니까 네가 내게 붙으면 된다. 그리하면 교단을 압박하지 않고 세를 넓혀주마. 어차피 백색의 왕, 지금껏 모습을 보이지 않는 걸 보면 알 수 있지 않느냐?"

"그분께서 모습을 보였다 한들 6군단장께선 지금과 같은 상황을 만들었겠지요."

6군단장. 그 거구의 거인이 씨익 웃었다.

틀린 말은 아니라는 뜻이다. 단지 그 시기가 앞당겨졌을 뿐.

"아악!"

비명이 들렸다.

고개를 돌리자 라이라가 피 칠갑이 되어 무릎을 꿇고 있었다.

그녀의 순백 날개 한쪽이 피로 물들었다. 그녀는 분명히 강했지만 적이 너무 많고 강했던 탓이다.

"교주, 우리엘 디아블로와 라이라 디아블로가 죽으면 내가 왕이 될 것이다. 그때엔 늦는다. 나는 나를 마음 깊숙이 떠받들지 않는 자들에게 자비를 두지 않을 생각이거든."

"아무도 6군단장, 그대를 따르지 않으려 할 겁니다. 그때도 다 죽이려는 겁니까?"

"다 죽여야지. 군주에 대한 공포야말로 떠받드는 자가 지녀야 할 기본 덕목이다."

틀렸다. 역대 왕들과 같이 과격하다. 어떤 면에선 더 무모하기도 했다.

이런 자가 왕이 되었다간 태양왕의 대가 지금 시대에서 끝날 것이다.

여태껏 6군단장이 부각되는 일은 거의 없었건만, 칼을 갈고 있었을 줄이야.

교주는 급히 몸을 돌렸다.

'라이라 님을 지켜야 한다.'

차라리 그녀가 새로이 즉위하는 편이 낫다. 적어도 그녀의 심성은 여타 다른 마족들과는 달라 보였으니.

"아……!"

교주가 안타까움의 탄성을 흘렸다.

6군단장이 이끄는 기사들은 가장 먼저 라이라를 죽이고자 혈안이 되어 있었다. 둘러싸인 상태로 죽어가는 라이라에게 검과 창 따위를 들이미는 상태였다.

길어봤자 십여 초. 교주가 닿기엔 너무 먼 거리다.

쉬이이이이이이잉-

콰아아아아아아아아아앙!

저 멀리서 날아온, 산만 한 바위가 아니었으면 말이다.

모두가 잠시 할 말을 잃었다.

말 그대로 성 바깥에서 산 하나가 통째로 날아와 떨어진 것이다.

동시에 입가에 피를 흘리던 라이라가 고개를 돌려 외쳤다.

"아아, 로드시여……!"

조금 늦었다.

약속 시간까지 아슬아슬했다.

그래도 수확이 없진 않았다.

천마의 육체, 손오공, 그리고 크로노스.

뿐만인가?

배신자도 찾았다.

'너였군, 6군단장.'

숨어 있던 배신자가 왕의 부재로 인해 튀어나왔다.

가볍게 웃어 보였다.

시련의 끝엔 보상만이 남는 법.

이보다 완벽한 타이밍은 있을 수 없었다.

53장
더 로드(1)

　-여행의 시작과 끝이 전투로 얼룩질 것 같다는 느낌이 드는데.

　암령, 손오공이 작게 투덜댔다. 현장과 함께했던 여행 역시 그와 다르지 않았을 것이다.

　하지만 이미 녀석은 내 여행에 동참하기로 했다.

　투덜대면서도 본신을 움직여 그 미친 괴력으로 산을 떼어내 던져 버렸으니.

　쾅! 쾅! 콰르릉!

　여의봉은 제한 없이 늘어나고 줄어든다. 내려치는 족족 땅이 파열되며 마족들이 납작하게 짜부라졌다.

　순식간에 벽이 무너지고, 왕성까지 곧게 뻗은 그것을 나는 올라탔다.

대답할 겨를이 없었다. 즉시 여의봉을 밟고 라이라를 향해 일직선으로 뻗어 나갔다.

"뭐, 뭐야?"

"인간?"

내가 내달리는 것을 본 마족들이 한마디씩 꺼내기 시작했다.

그렇다. 지금의 나는 '우리엘 디아블로'가 아니다.

아니지만, 다르지 않다. 저들만이 그것을 모를 뿐.

'라이라는 알고 있다.'

잘못 들은 게 아니라면.

라이라는 나를 분명히 '로드'라고 불렀다. 급박한 상황에서의 본능적인 외침과도 같았겠지만, 그래서 더욱 의미가 있었다. 분명히 마음 한편의 어느 정도는 그녀의 마음이 열렸음을 뜻하는 거였으니까.

스릉!

월천이 잘게 울었다. 6군단장과 그의 휘하 망령 기사들.

배신자의 무리다. 여태껏 숨어 있다가 드디어 꼬리를 내밀었다.

왜?

'둠과 협조한 놈이 얌전할 리가 없지.'

끼리끼리 논다는 말이 있다.

둠과 손을 잡은 녀석이 오랜 시간 은둔하며 조용히 있을 리가 만무했다.

일 벌이기 좋아하는 둠만큼이나 호전적이리라.

그리고 그 생각이 맞았다. 내가 잠시 자리를 비운 틈을 타 이렇게 모습을 드러낸 것이다.

콰아아아아아앙!

왕성으로 다가가 그대로 월천을 휘두르자 거센 풍압이 모든 걸 잘라냈다. 막아서고 있는 기사들과 지옥마들이 속절없이 반으로 나뉘었다.

생각 이상으로 강력한 한 방.

"엄청난 마력……!"

"인간이 아닌 건가!"

마족들이 허둥댔다. 일격으로 순식간에 서른 이상의 기사가 증발한 탓이다.

나조차도 놀라고 있었다.

시련을 통과할 때보다 급격히 강해진 느낌이 들었다.

'모든 마력이 융화되었다.'

이는 암령의 마력이 내게 온전하기 작용하기 시작해서 생긴 현상이었다. 암령이 나를 따르자 녀석의 마력이 내 안에 혼잡해 있던 마력들을 일시에 절반 이상 녹여 버렸다.

하지만 그걸 감안해도 이해할 수 없는 힘이었다.

'신성.'

내게 깃든 신성은 오로지 거신에게만 작용하는 게 아니었던가?

지금 이 순간, 내 신성이 함께 타오르고 있었다. 신성이 새어 나와 주변을 빛으로 물들일 정도였다.

"태양신…… 태양신의 사도……!"

오로지 교주 코로나만이 상반된 반응으로 이런 나를 받아들이고 있을 뿐이었다.

그의 외침은 경악을 넘어 경기를 일으킬 수준이었다.

쿵!

바닥에 착지하여 전각을 밟자 바닥이 울렁이며 벽이 세워졌다.

그 사이에서 나는 쓰러진 라이라를 부축했다.

"괜찮나?"

"여긴, 위험합니다. 영지로 피하셔야……."

라이라는 정상적인 상태가 아니었다. 전신에 다치지 않은 곳이 없고, 몇 날 며칠을 싸웠는지 신체의 기력이 전부 쇠해 있었다. 한계를 넘어서 극한까지 자신을 몰아넣고 있었던 셈이다.

비몽사몽.

아마 지금 자기가 무슨 말을 하고 있는지도 모를 테지.

그래도 좋다.

나를 로드라고 불렀고, 나를 걱정하는 그녀의 속마음은 진짜였으므로.

"쉬어라. 여긴 내가 처리하마."

"하오나……."

툭!

부드러운 마력을 주입시켜 잠시 그녀의 정신을 끊어놓았다. 극한까지 몰린 상태라 라이라는 즉시 눈을 감고 잠이 들었다.

더 시간을 지체했다간 원기를 사용하고 만다. 생명력 말이다. 그런 상황을 나는 바라지 않았다.

"아빠아아아아아!"

콩!

그 순간 이그닐이 하늘에서 날아와 내 가슴팍에 강하게 안겼다.

그런 이그닐의 머리를 쓰다듬으며, 느지막이 말했다.

"이그닐, 라이라와 함께 잠시 피해 있으려무나."

"쟤들, 나빠!"

라이라를 공격한 마족 무리를 가리키며 이그닐이 뺨을 잔뜩 부풀렸다.

빵빵해진 뺨을 툭툭 건드리곤 피식 웃으며 입을 열었다.

"나쁜 놈들은 혼내줘야지."

"이그닐도, 싸울래!"

아서라. 라이라조차 이그닐이 싸움에 개입하는 건 원치 않을 것이다. 여태껏 이그닐이 주변만 정찰하고 있었던 걸 보면 알 수 있다.

이그닐의 역할은 보조에 어울린다. 문을 열고, 닫으며 안전을 도모하는 게 이그닐이 해야 할 역할이었다.

"안 돼."

"그치만……."

"나를 믿어라."

"우웅."

이그닐이 똘망똘망한 눈초리로 나를 바라봤다.

그러곤 고개를 끄덕였다.

"알았어. 이그닐, 아빠 말 잘 들어."

"라이라를 지켜다오. 그 역시 매우 중요한 일이니."

"응!"

동시에 이그닐의 앞에 문이 형성되었다. 이그닐이 라이라를 들어 올리며 날개를 펼치곤 즉시 문 안으로 들어섰다.

걱정스럽다는 듯 나를 쳐다봤지만, 나는 고개만 끄덕일 뿐이었다.

지금이라면.

모든 걸 할 수 있을 것 같았다.

시련의 영향일까? 아니면 헤라클레스의 의지라도 정말 이어받은 건가?

고개를 저었다. 비몽사몽 간에 말했던 라이라의 한마디가 더욱 컸다.

"로드시여!"

'로드, 로드라.'

우리엘의 몸으로 듣던 때와는 전혀 느낌이 다르다.

그녀의 믿음, 신뢰의 증거.

깨어나면 다시 그렇게 부르진 않겠지만…….

콰앙!

쿠루루루룽!

마력을 덧씌워 세웠던 벽이 무너졌다.

6군단장. 녀석이 거대한 몽둥이를 들고선 나를 맞이했다.

"네놈, 라이라 디아블로를 어디다 숨겼지?"

이미 문을 통과한 라이라는 이곳에 없었다. 그녀가 이곳을 지키고 있었던 건 오로지 '우리엘 디아블로' 때문. 하지만 내가 온 이상, 그러한 걱정은 이제 필요 없었다.

"저세상에 가서 물어봐."

짧게 미소 지으며 월천을 들었다.

동시에, 제천대성이 내 뒤로 크게 날아오르며 섰다. 제천대성의 손에는 눈을 감고 축 늘어진 천마의 신체가 들려 있었다.

"크투가! 약속을 지켰으니 너 또한 약속을 지킬 차례다."

⸺……그래 보이는군.

크투가의 재등장이었다.

크투가는 '그날'을 잊을 수 없었다.

가짜 태양신과의 내기에서 승리했지만, 놈은 보고 안에 자신을 가둬뒀다. 그 이후 아득한 세월이 흘렀다.

크투가의 성정은 더욱 난폭해져서 언제나 건드리면 터질 것만 같은 화산처럼 존재하고 있었다.

하지만 자신의 목소리조차 들을 수 있는 존재가 없었기 때문에, 크투가는 점점 병들어 어둠의 정령처럼 변해가는 중이었다.

⸺너 정도의 정령도 어둠에 잡아먹힐 수 있는 건가?

놈은 오로지 '신성'을 지니고 유람을 하는 중이었다.

신체를 내버린 채 진짜 신격을 지닌 신이 심연을 활보하고 있다는 사실에, 크투가는 궁금증을 느낄 수밖에 없었다.

그와 함께하는 영혼도 몇 개 있었는데, 그들은 매우 측은지심 한 눈빛으로 크투가를 바라봤다.

"그따위 눈빛으로 나를 바라보지 마라! 불태워주마!"

-네 불꽃으로는 날 어쩔 수 없어. 본래의 불꽃은 어땠는지 모르겠지만, 지금 네가 뿜어내는 불꽃은 무척이나 초라하거든.

초라하다고?

불 그 자체, 살아 있는 불이라 불리며, 크투가가 가진 진화의 힘은 신들마저 탐을 냈던 것이다.

그런데 초라하다니!

-내게 시간이 많았다면 너를 도와줬겠지만, 안타깝구나. 우리는 '녀석'을 막아야 해서 말이야. 성공할 확률은 적어 보이지만⋯⋯.

"내 봉인을 풀어라! 안 그러면 네놈들의 영혼의 찌꺼기 하나마저 다 불태울 테니!"

-그래도 너의 '불만' 정도는 받아줄 수 있겠지. 그래, 덤벼봐.

놈은 몸을 풀곤 손가락을 까딱거리며 크투가를 도발했다.

크투가는 자신이 갖고 있는 모든 불꽃을 쏟아부어 때려 박았으나, 상대는 꿈쩍도 하지 않았다.

-고작 이 정도야? 이래선 크투가라는 이름이 아깝다. 조금 더 힘을 내봐!

"크아아아악! 이 빌어먹을 새끼!!"

가지고 놀았다.

그렇게밖에 말할 수가 없다. 본연의 불이 있었다면 이토록 허무하게 당하진 않았을 것이다.

크투가는 자신의 불꽃을 모두 쏟아내고 텅 비게 되었다.

-뭐, 나름 재밌었어! 역시 나한텐 안 되는군. 나도 너무 강해서 탈이라니깐.

"네놈, 이름이 뭐냐."

-천마.

"이상한 이름이군."

-그래? 하여간 언젠가 너를 알아봐 주는 자가 나타날 거야. 봉인이 풀리면 그때 다시 덤벼보라구.

"돌아오는 거냐?"

-이기면.

"대체 상대가 누구기에?

-굉장히 나쁜 놈이 있거든. 그래도 이겨야지. 그래야 세계를 구할 수 있으니까.

"고생을 자처하는 놈이군."

크투가는 한숨을 푹 쉬었다.

듣는 것만으로도 피곤했다. 세계를 구한다는 어린애들 꿈과 같은 말을 직접 입에 담는 녀석이 있을 줄은 몰랐다.

하물며 그게 신일 줄은 더더욱 몰랐고.

"네놈이 죽으면 내가 너를 죽인 놈을 태워 죽여주마. 그러면 내가 더 강하다는 게 인정되겠지."

-오! 좋은 생각인데?

"그러니 네가 싸우러 가는 상대의 이름을 말해다오."

-그건 때가 되면 알게 될 거야. 그보다…… 정말 그럴 생각이라면 내 육체를 찾아주지 않겠어?

"신성을 발현하고 남은 껍질 말이냐?"

-비슷하지. 그 껍질이 나쁜 녀석의 손에 안 들어가게 해줘. 꼭꼭 숨겨두긴 했는데, 조금 불안하긴 하거든. 그게 녀석들의 손에 들어가면 진짜 답이 없어.

"그렇게 위험하다면 왜 없애지 않은 거냐?"

-그것도 '희망' 중에 하나니까.

스스로를 천마라고 밝힌 남자는 가만히 하늘을 올려다보았다.

어둠뿐이 없는 심연에서 그는 찬란하게 빛나고 있었다.

-내가 숨겨놓은 '희망'들이 언제고 세계에 도움이 되기를 바라고 있어. 내가 패배한다면 그 희망들이 내 뒤를 이어주기를 말이야.

"나쁜 놈의 손에 들어가면 내가 전부 태워주마."

-오~ 엄청 믿음직스럽네. 하지만…… 나타날 거야.

"나타난다니? 누가?"

-나처럼 여행을 좋아하는 누군가가 말이야.

이후 콧노래를 부르며 그가 손을 흔들곤 떠나갔다.

그는 정말로 즐거워 보였다.

싸우러 가는 게 아니라, 진짜 여행이라도 떠나는 것처럼 보였다.

그와 함께하고 있는 격 높은 혼들도 마찬가지였다.

크투가도 그 대열에 함께하고 싶었다. 하지만, 함께할 수 없었다.

선택받지 못한 걸까?

비워내고 다시 채우질 못해서일까.

-그런 녀석이 나타난다면 함께 떠나보라구. 분명히 좋은 기억으로 남게 될 테니까. 혼자선 외롭잖아?

크투가가 다시금 현실로 돌아와 정면을 바라봤다.

'희망'이 눈앞에 있다.

그리고 천마와 비슷한 얼굴로 웃고 있는 녀석이 보였다.

기가 막히게 싸우는 걸 좋아하고, 승부사의 기질이 있는 것마저 비슷하다.

스스로는 부정하겠지만…….

'약속을 지킬 차례다.'

오냐. 어디 한번 떠나보자.

어디까지 갈지, 크투가도 궁금했다.

세상이 황혼으로 물들었다.

어둠이 물러가고 그 자리에 빛과 불꽃이 채워졌다.

크투가와 천마의 육체가 하나로 합쳐지는 순간, 세계가 불꽃으로 들끓기 시작했다.

모든 걸 태워 버리는 신성!

모든 걸 비추는 거룩함!

그 앞에 교주와 신도들이 하나둘 무릎을 꿇기 시작했다.

드디어 나타났다.

드디어 강림하셨다.

신의 사자와 함께, 신이 나타나신 것이다.

"아아, 태양신이시여!"

쿠우우우웅!

태양신이 6군단장을 가리켰다.

그러자 태초의 화염이 하늘에서 작렬하며 '적'을 태웠다.

저만한 화염은 본 적이 없었다. 교단의 벽화나 고서에나 남아 있을 법한 진정한 신의 위업이 아닌가!

"크아아아아아아아악!"

6군단장이 거구의 몸을 뒤틀었다. 작렬한 불덩이에 전신이 짓이기고 화하며 고통에 찬 비명을 내지르고 있었다.

화륵! 화르륵!

천마의 육체와 합일한 크투가가 발을 옮길 때마다 주변의 흑기사들이 하나둘 타버리고 사라졌다.

증발.

살점 하나 남기지 않고 깔끔하게 지워 버린 것이다.

콰르르릉!

세상이 적염으로 물드는 듯했다.

성벽이 무너지고, 왕성조차 녹아내렸다.

말 그대로 주변 모든 게 녹아내리고 있었다.

"나, 나는 죽을 수 없⋯⋯!"

오로지 6군단장만이 그 불길에서 버텼다.

하늘에서 떨어진 불덩이를 거둬내고 모습을 드러낸 6군단장의 몸은 이미 절반 이상이 타들어 간 상태였다.

뼈와 내장이 보이며, 그조차도 순식간에 쪼그라들어 화염 속 괴물을 연상시켰다.

마력도, 생명력도, 심지어 영혼마저 태워 버리는 불꽃이었다.

6군단장은 마지막 힘을 짜내 크투가를 향해 한 발자국씩 움직였다.

툭. 툭. 투우욱…….

하지만 세 발자국을 걷기도 전에, 그의 몸 전체가 아스라이 사라졌다.

퉁. 퉁. 투르르르.

마지막 남은 두개골이 바닥을 구르다가 이내 먼지처럼 화했다.

그러자 주변에 남은 '적'은 더 이상 없었다.

"힘이 넘치는군."

헤라클레스는 '힘'으로 대변되는 존재다. 하지만 그의 진정한 힘은 '불굴', 포기하지 않는 것이었다. 크투가의 성정과도 매우 어울린다고 할 수 있었다.

완전한 합일을 한 게 아님에도 이만한 위력이다.

왜 천마가 이 신체가 나쁜 놈의 손에 들어가지 않게 해달라고 부탁했는지 알 것만 같았다.

"태양신을 뵙습니다."

"태양신을 뵙습니다!"

교주와 교단의 신도들이 하나둘 무릎을 꿇었다.

하지만 크투가는 인상을 찌푸렸다.

"신?"

태양신이라니.

가당치도 않은 소리다. 크투가는 태양신이라면 이를 갈며 싫어했다. 그 가짜 놈에게 걸려서 오랜 시간 이곳에 갇혀 있었던 탓이다.

크투가가 오한성을 바라봤다.

오한성은 고개를 저었다.

'이대로 신 노릇을 하라는 거냐?'

토악질이 나온다. 본능적인 거부감이 있었다.

하지만 오한성과 크투가는 약속을 했다. 계약으로 묶여 있었다. 계약의 내용은…… 놈이 헤라클레스의 신체를 가져올 경우, 똥구멍이라도 핥을 정도로 충성을 다하겠다는 것.

빌어먹을. 설마 15일 만에 정말로 가져올 줄은 몰랐다.

그래도 약속은 약속이다. 크투가가 눈을 질끈 감았다.

그러자 놈이 앞으로 튀어나왔다.

"너희의 죄가 하늘에 닿아 태양신께서 분노하시며 이곳에 당도했도다!"

저건 또 무슨 소리야?

불꽃이 오그라들었다.

귀까지 막아버리고픈 심정이었다.

웃기는 노릇이다. 가장 싫어하는 놈의 흉내를 내야 한다니!

그러나 놈은 멈추질 않았다.

"왕의 칭호는 신이 점지한 것. 하물며 이번의 '왕'은 태양신께서 각별히 주시하고 있었던 존재였다. 그를 배반하는 행위는 곧 신을 적으로 모는 것과 같도다!"

"어떻게 해야 저희가 죄를 씻을 수 있겠습니까?"

심지어 저 궤변이 먹힌다.

교주 코로나가 발아래 조아리며 정성을 다하고 있었다.

하는 걸로 봐선 간이고 쓸개고 전부 빼어다 줄 기세다.

"하지만 신께선 아량이 넓으시다. 지금이라도 죄를 깨우치고 참회한다면 너희의 죄를 사할 것이다."

"참회하겠습니다."

"아직 신의 존재를 믿지 않는 불신자들이 도처에 널렸다. 그들에게 진정한 신의 말씀을 전파하라. 그러지 않으면 신의 분노가 모두에게 닿으리라."

신의 분노를 모두가 목격했다.

무려 6군단장이 마음먹고 일으킨 반란을 단번에 제압했다.

모든 걸 태우는 그 자태는 말 그대로 태양신과 같았다.

교주 코로나의 눈이 더없이 빛나기 시작했다.

교단의 영향력을 키울 절호의 기회. 군단장들에게, 역대 왕들에게 가려져 숨죽여 지내야 했던 시절과 결별할 때가 왔다.

"그리하겠습니다. 태양교의 교리를 더욱 강하게 전파하겠습니다."

"끝이 아니다. 태양왕에게 반기를 든 자, 들려는 자, 그들에게도 신의 분노가 향할 것이다."

경고다. 6군단장만으로 끝나지 않을 거란.

동시에 신의 사자가 손을 들어 하늘을 가리켰다.

"손바닥으로 하늘을 가릴 순 없다. 너희들의 죄 역시 마찬가지다. 믿으라. 믿지 않으면 다시금 신벌이 내려질 뿐이니!"

모든 이가 멍하니 사자만을 바라보고 있었다.

압도. 모든 마족이 압도되었다고 해도 틀린 말이 아닐 터.

"모든 벽을 허물고, 모든 권위가 무너졌다. 지금에야말로 통합할 때다. 신의 이름으로 저 너머의 가짜들을, 불신자들을 처단할 때가 되었다. 신과 그 신의 대변자인 왕을 따르라! 나는 오로지 신의 '목소리'만을 전할 뿐이니!"

더불어 선도 그랬다. 사자는 말을 전할 뿐, 그것만으로 자신의 권위를 챙긴 것이다.

진정으로 따라야 할 존재는 신과 왕. 왕이라면 우리엘 디아블로를 말하는 거였다.

아아……!

교주, 코로나는 전율했다.

어쩌면 왕이 그간 모습을 보이지 않았던 건 이때를 위해서가 아니었을까?

신을 부르기 위해 진정으로 헌신하며 기도한 것이다.

감히 전례가 없었던 일.

역대 어느 교주도 직접 태양신과 소통하진 못했건만.

'그분은 다르다.'

연설로부터 시작된 변화가 지금에 이르러 극에 달했다.

그가 말한 믿음에 관한 이야기는 허언이 아니었던 셈이다.

믿으라! 믿으면 승리할 테니.

다른 누군가가 했다면 개소리 이상이 아닐 것이다.

하지만 신의 사자가 그렇게 말하고 있었다.

"믿습니다."

"믿습니다!"

크투가는 아예 눈과 귀를 닫아버렸다.

그리고 오로지 신의 사자라 불리는 오한성만이 내심 미소 지을 뿐이었다.

성공적인 데뷔였다. 적어도 교주 코로나의 절대적인 믿음을 얻었다.

그는 이제 왕과 신의 이름을 등에 업고 교단의 세를 늘려갈 것이다.

교단의 세가 강해져서 군단장들을 위협할 정도가 되면 그들은 자신이 숨겨뒀던 모든 걸 내 앞에 내놓으며 바짓가랑이를 잡아야 할 테지.

'아주 좋아.'

솔직히 천마의 신체가 가진 잠재력이 이 정도일 줄은 몰랐다.

살아 있는 불, 크투가와 만나 엄청난 시너지를 일으킨 것이다.

그 힘이라면 충분히 파벌의 수장들과도 겨룰 수 있을 듯했다. 어쩌면 그들보다도 한 차원 더 강할지도 모른다.

-문제는 길게 싸울 수가 없다는 거다.

나는 탑의 아래로 향했다. 태양신의 보고가 있는 곳, 태초의 시작이 잠들어 있는 장소.

"너의 불로도 10분 정도가 한계인가 보군."

-지하 밑에 봉인된 나의 불꽃을 가져다준다면 3배는 더 움직일 수 있다.

"당장은 안 된다."

-왜지?

"쐐기를 박아야 하니까."

-흠, 태양신의 보고에 태초의 생명력들이 잠들어 있다고 했지. 그걸 이용해 뭐라도 만들려고 그러냐? 아서라. 새로운 생명의 창조가 그리 쉬운 줄 아냐?

크투가의 말을 무시했다.

내가 지금 태양신의 보고로 향하는 이유.

내가 가진 '폭식'의 권능을 이용해 인자들을 받아들이며 새로이 조합하기 위해서다.

'신의 아이를 만들어야지.'

더불어 내 신성을 닮은 생명체를 창조해, '태양신의 자식'으로 둔갑시키고 우리엘 디아블로를 진심으로 따르지 않는 자들조차도 움직일 계획이었다.

태양신의 자식과 우리엘 디아블로. 그 둘 다 결국은 나의 힘이었다. 그들은 똑같은 자를 따르고 있다는 자각도 없이 내 의지에 따라 움직이게 될 것이다.

"한성, 새로운 생명의 창조에는 많은 시간이 듭니다. 하지만 우리에겐 시간이 없습니다."

기계와 같이 또박또박한 목소리로 어둠 속 인영이 내게 말했다.

크로노스. 그녀는 시련의 방을 나온 직후에도 계속해서 다른 공간 속에 숨어 있었다. 조금이라도 자신의 존재가 들키는 걸 늦추기 위함이었다.

"여유가 있던 적은 한 번도 없었다. 그나마 이번엔 도와줄 수 있는 동료들이 있지. 크로노스, 너라면 일정 공간에서 시간의 흐름을 바꿀 수 있지 않나?"

크로노스 역시 천마가 남긴 '희망' 중 하나였다. 그리고 본래라면 그녀를 찾아가는 건 내가 아니라 김민식, 녀석이어야 했다.

하지만 민식이 녀석이 정말 진리의 사도라 할지라도 본연의 한계는 뛰어넘지 못한다. 나처럼 우리엘 디아블로라는 히든카드가 있었던 것도 아니니까.

그래서 떠올린 게 크로노스, 시간 그 자체의 정의였다.

어쩌면 크로노스는 진리의 사도가 자신을 찾아왔을 때 도와줄 방법을 가지고 있었던 게 아닐까?

그리고 그 도움이라면 역시 시간과 관계되어 있을 가능성이 높았다.

'그녀와 만났을 때 시간의 흐트러짐을 느꼈지.'

어쩌면 이미 15일은 진즉에 넘겼을지도 모른다. 그곳에서의 시련은 결코 만만한 게 없었으므로. 그러나 정확히 15일이 맞춰졌다. 그걸 보며 확신할 수 있었다.

"……맞습니다. 하지만 한계가 있습니다."

"충분해."

나의 분신이며, 동시에 신의 아이를 만든다.

할 수만 있다면, 순식간에 둠이 올린 속도를 맞추고 그 이상으로 달려나갈 수도 있을 것이다.

"헉! 허억……!"

라이라 디아블로. 그녀가 급히 상반신을 들어 올렸다. 전신에 식은땀이 가득했다.

악몽을 꿨다. '그가 사라지는 꿈. 죽음을 맞이하고, 라이라를 둔 채 혼자 가버리는 꿈.

뒤를 따라 달려갔지만 따라잡을 수 없었던 그런 막막한 꿈.

'여긴?'

급히 주변을 둘러봤다.

익숙하지 않은 환경. 성과는 비교도 안 되는 작은 방 안에 눕혀져 있었다.

이그닐도, '그도 보이지 않았다.

혹시 뭔가 잘못된 걸까?

정말로 사라졌다면…… 어떻게 해야 하는 걸까.

공포가 엄습해 왔다. 입이 바짝 말랐다. 왜 이러는 건지 그녀도 알지 못했다.

다만 조바심이 났다.

'혼자서 이길 수 있는 전력이 아니었어.'

6군단장은 강했다. 그가 끌고 온 기사들은 분명히 쉽지 않은 상대였다.

오한성, 그리고 우리엘 디아블로만으로는 벅찰 터였다.

어쩌면 자신을 구하기 위해 몸을 던졌을 수도 있다.

"어! 일어나셨어요? 회복이 엄청 빠르시네요."

방문이 열리고, 어린 마족 하나가 젖을 수건을 든 채 나타났다.

라이라는 순식간에 소년의 뒤로 돌아가 손톱을 세우며 목을 겨눴다.

"그는, 그분은 어디에 있지?"

"예? 누굴 말씀하시는 건지……."

"오한성. 인간의 모습을 한 남자."

"오한성? 인간이요? 흠, 본 적 없는데요."

아……!

라이라가 입술을 꽉 깨물었다.

아마도 이그닐이 자신을 구하고자 문을 열었을 것이고, 그는 끝까지 남아 적들과 대치했을 것이다.

이 소년이 본 적이 없다면, 아마도…….

'안 돼.'

주먹을 불끈 쥐었다. 당장에라도 달려가서 복수를, 복수를 해야 한다.

물론 혼자선 힘들 것이다. 하지만 가능과 불가능을 따질 때가 아니었다.

끼이익-

그때였다.

재차 문이 열리며 들어오는 자가 있었다.

그를 본 라이라의 눈이 더없이 커졌다.

"문이 너무 작군."

"⋯⋯로드시여!"

우리엘 디아블로!

그를 본 라이라가 저도 모르게 폴짝 뛰었다.

그러다 중심을 잃고 반쯤 쓰러지려 하자.

"회복이 덜 된 모양이구나. 조금 더 누워 있어라."

그가 몸을 당겨 천천히 자신의 가슴팍으로 라이라를 잡아당겼다.

겨우 자세를 진정한 다음에야 라이라는 얼굴을 살짝 붉힌 채 떨어질 수 있었다.

'내가 왜 이러지?'

신체는 어느 정도 회복되어 있었다. 전장의 표범이라 불리는 자신이 균형을 잃는다는 건 있을 수 없는 일이다.

하지만 그를 본 순간 다리에 힘이 빠졌다. 안도감이 들었다.

굉장히 묘한 감각이었다.

그날, 라이라는 선을 그었다. 긋기로 했다. 현실에서 도피하던 자신을 꾸짖고 다시 되돌아와 오로지 그분의 꿈을 위해서만 달려 나가자고.

겉모습은 우리엘 디아블로지만, 그는 우리엘 디아블로가 아니니까.

'오한성.'

그의 흉내를 내던 인간.

죄질이 결코 가볍지 않다. 몇 번을 죽여도 마땅한 일이었다.

하지만 그것이 우리엘 디아블로에 의한 것이라면, 그분의 소망과 연결된 일이라면 그저 꿈을 공유한 별개의 존재로 인식하자고 마음먹었다.

실제로 잘되어 가고 있는 듯했다.

잘되어 가고 있는 듯했는데……

"내 얼굴에 뭐가 묻었나?"

"아, 아닙니다. 죄송합니다. 잠시 경황이 없어서."

라이라가 고개를 털었다. 그는 오한성. 자신과는 종 자체가 다른 인간. 계속해서 되뇌었지만 쉽지 않았다.

우리엘 디아블로의 가죽을 뒤집어써서 그런 것이라고 애써 위안했다. 하지만 그의 얼굴을 보았을 때 가장 먼저 오한성의 얼굴이 떠오른 것도 사실이었다.

마지막에 그녀를 감싸고, 그녀가 눈을 뜨자마자 찾았던 건 다름 아닌……

'생각아, 멈추자. 멈춰야 해.'

애써 부정하며 한 발자국 더 물러났다.

여기서 더 깊이 사고했다간 자신이 세워두었던 마지막 벽마저 무너질지도 모른다. 애써 마음을 가라앉히고 라이라가 물었다.

"로드시여, 반란군은 몰아내신 건가요?"

"6군단장은 죽었다. 그의 기사들은 죽거나 투항했지. 생각보다 충성을 다하고 있는 것 같진 않더군."

"……다행입니다. 바로 현장에 복귀하도록 하겠습니다."

"조금 더 쉬어라. 제대로 걷지도 못하는 상태로 나섰다간 괜히 내 얼굴에 먹칠만 한다."

"방금 그건 시, 실수로."

"실수로 넘어졌다고?"

그가 눈을 좁히며 라이라를 바라봤다.

라이라는 말을 아꼈다. 그녀만 한 이가 실수로라도 발을 헛디뎌 그의 품에 안겼다는 건 더욱 문제가 될 소지가 있었다.

"……죄송합니다. 조금 더 휴양하겠습니다."

차라리 아픈 쪽이 나았다.

대답을 들은 그가 고개를 끄덕였다.

"그래, 몸이 낫거든 나를 찾아와라. 비어 있는 6군단장의 자리에 너를 올릴 생각이니까."

"6군단장의 자리를, 말입니까? 다른 군단장들의 반발이 심할 겁니다."

"아니, 이젠 상황이 바뀌었다. 당분간은 그들도 내 말을 들어야 할 거야."

"······?"

라이라는 고개만 갸웃할 수밖에 없었다.

대체 무슨 일이 있었길래?

6군단장을 죽인 것뿐만 아니라 그 이상의 무언가가 있지 않고서야 그 말 많고 탈 많은 군단장들이 가만히 있을 리 만무했던 탓이다.

하지만 그의 표정엔 자신감이 넘쳤다. 생각대로 일이 진행되고 있다는 증거.

이윽고 그가 창밖을 바라보며 말했다.

"정말 좋은 날씨야."

그러곤 몸을 돌려 방을 나갔다.

라이라는 한동안 멍하니 그의 뒤를 바라볼 수밖에 없었다.

지금 뭐라고 한 거지?

좋은 날씨라고?

그에게서 한 번도 들어본 적 없는 말.

게다가 마지막에 보인 미소까지······.

다르다. 달라졌다. 여태껏 보인 우리엘 디아블로의 흉내가 아니었다.

뭐라고 해야 할까.

여유. 그리고······.

"허어어어억! 바, 바바바, 방금, 태, 태양왕님 맞으시죠? 태양신의 아들께서 이 누추한 집을 들르시다니! 심장이 터질 것만 같아요!"

옆에서 숨을 멈추고 있던 마족 소년이 호들갑을 떨었다.

🜚

시련을 통과한 이후 나는 나 자신의 본질을 보게 되었다.

더 이상의 가식이나 연기가 아닌 나 스스로의 모습으로 세상을 살기로 마음을 먹은 것이다.

"……성을 재건하지 않으시겠다고요?"

"나는 다른 마족들과 같은 장소에서 머물겠다. 왕성은 권위와 파괴의 상징. 내가 말한 '개혁'과는 거리가 멀어."

코로나가 기겁하여 되물었다.

나는 어깨를 으쓱일 따름이었다.

밑에서부터의 개혁, 이곳의 모든 마족이 나를 따르게 해야 한다.

그러려면 여태껏 없었던 왕의 모습을 보여주면 된다.

"대신 그곳에 태양신을 상징하는 상을 세우도록 하지. 성을 둘러보니 변변찮은 상징 하나 보이지 않더군."

"……정말이십니까?"

코로나의 눈알이 튀어나올 것만 같았다.

태양탑을 제외하면 태양신을 상징하는 상징물이 없었다.

아마도 군단장들과 역대의 왕들을 겪으며 모두 사라진 것이리라.

오죽하면 태양탑의 지하는 아예 관리조차 되지 않고 있지 않던가.

"태양신의 상을 건설하고, 교리를 담은 서적을 인쇄하여 이곳의 모든 마족에게 뿌리도록."

"책은 이미 배포되어 있습……."

"신께서 강림하셨다. 그분이 직접 하신 말을 수록해야 하지 않겠나?"

"아……!!"

둔기로 크게 한 방 얻어맞은 듯 코로나가 고개를 끄덕였다.

복음. 신의 말을 담은 서적. 하지만 너무나 오래되어 제각각의 해설을 갖게 되었다.

여기서 진짜 신이 등장하여 처음부터 어록을 쏟아낸다면 다시금 하나로 통합될 수 있을 터.

'같은 교라도 해석에 따라 파가 나뉘기도 하니.'

이곳 역시 다르진 않을 것이다. 정통의 태양교가 존재하고, 이곳에서 파생된 몇 개의 파가 또 있을 거라고 보았다. 더불어 사이비도 존재할 것이다.

그들을 통합할 수 있다면 상당한 전력이 될 게 자명했다. 원래 뭔가를 광적으로 믿는 사람들이 '내 편'일 땐 생각보다 든든한 경우가 많았다.

반대로 '적 편'일 땐, 세상에서 가장 까다로운 적수가 되기도 하지만.

"제가 생각이 짧았습니다. 죄송합니다."

"아니다. 그럴 여유가 없었던 것뿐이지."

나를 바라보는 코로나의 눈이 초롱초롱 빛났다. 내가 다 부담스러울 지경이었다.

"상을 건설하겠습니다. 하지만 거주할 장소는…… 사도들을 주변에 배치해 놓도록 하겠습니다."

이건 절대로 양보하지 못하겠다는 듯 굳건한 눈빛이었다.

"그것까진 말리지 않으마."

"감사합니다."

무조건 반대해서도 안 된다. 사람을 다룰 땐, 그 사람의 의견에 귀 기울이고 적당히 조율하면서 때로는 받아들여 주기도 해야 하는 법이었다.

마족이라고 다르지 않았다. 특히 코로나는 내게 굉장한 신뢰를 보이고 있으니, 약간의 행동만으로도 곱절의 효과를 얻을 수 있다.

'사는 곳이 다 똑같군.'

그러나 여기서 끝낼 생각은 없었다.

나는 그들의 생활에 깊숙하게 침투할 작정이었다.

그러기 위해선 먼저…….

"한 가지 더. 급식소를 설치하겠다."

"급식소요?"

"위생상태도 엉망이지만, 헐벗은 아이가 너무 많더군."

크투가를 찾으며 성을 돌아다닐 때의 일이었다.

왕성의 주변을 제외하면 이곳의 치안은 최악이었다.

모든 부가 왕성 주변에 집중되어 있었다. 반절이 넘는 마족들은 노예처럼 일하거나 굶주림을 겪고 있었는데, 아이들은 그 경우가 더 심했다.

"전쟁으로 부모를 잃거나 마력 적성이 부족한 아이들의 경우 외곽으로 쫓겨나기도 합니다. 혹은 불구거나 뭔가 결함이 있는 아이들이 그렇지요."

별거 아니라는 듯이 답한다. 이곳에선 이게 일상이기 때문이다.

약육강식. 약자가 도태되는 게 당연한 곳.

그대로여선 안 된다. 바뀌어야 한다. 모두가 뭉쳐야, 그래야 이길 수 있다.

"약하다고 버려지는 아이들이 있어선 안 된다. 아이들은 우리의 미래다. 불구라 하여도 그들에게 맞는 일을 주면 되지. 왜 방치를 하고 있는 거지?"

"하지만 쓸데가 없지 않습니까?"

"태양은 만물을 비춘다. 차별을 두지 않아."

잠시, 코로나가 멈칫했다.

그나마 가장 머리가 뚫린 코로나마저 이런 반응이다.

아무래도 마족과 인간의 차이인 듯싶었다.

"태양은…… 만물을 비춘다."

하지만 코로나는 그 말을 되뇌었다. 깨우치려는 의지가 있어서 다행이다.

"그리고 관련 부서를 만들어 모든 마족의 이름과 생년을 명시해 빠짐없이 모두를 아우를 수 있도록 해야겠다. 그편이 낙오자가 없고, 관리하기도 편하니."

워낙에 많은 마족이 죽고 태어나길 반복해서 그런지 너무 주먹구구였다. 제대로 된 기관이 거의 없었다. 내게는 너무나도 낯선 환경이었고, 그렇기 때문에 조금이라도 내 식에 맞게끔 조정할 필요가 있었다.

"전해두도록 하겠습니다. 하지만, 군단장들이 가만히 있을까요?"

"반대하겠지."

"따로 생각하시는 게 있으십니까?"

"한동안은 괜찮을 것이다. 지금은 내 힘이 가장 강할 때니까."

왕은 즉위한 직후가 가장 강하다. 하물며 내 뒤엔 타칭 태양신이 있다.

이 순간에 반론을 하는 건 그들에게도 위험부담이 컸다.

이때, 할 수 있는 모든 걸 해놔야 한다. 나중에 부딪혀도 탈이 없도록.

"설령 반대한다 하더라도 그들은 손쓸 방법이 없다."

"외람된 말씀입니다만, 그들은 이 성의 80%가 넘는 것들을 독점하고 있습니다. 힘과 부를. 당장 6군단장의 자리가 비어 혼란스러운 상태입니다만, 그들이 합심한다면……"

진심에서 우러나오는 조언이었다. 이런 조언은 백 번도 들어줄 수 있다.

"괜찮다. 그에 대한 대책도 세워놨으니까."

힘을 합치면 나도 곤란하다. 그러니 힘을 못 합치게 하면 된다.

'분열.'

작은 미끼 하나만 던져 주면 자기들끼리 치고받고 싸울 것이다.

결국에는 내가 주는 것만 받아먹으며 고분고분해지리라.

문제는 그 미끼다. 무엇을 주어야 나머지 여섯 군단장이 싸우게 될까?

'왕의 자리.'

왕의 자리쯤은 걸어야 그들이 움직일 터다.

예컨대…… 투표는 어떨까?

제도 자체를 엎어버리는 거다.

힘으로 쟁탈하는 왕이 아니라 스스로 모범을 보여 권위를 뽐낸다.

그러기 위해 마족들에게 표를 주고 직접 왕을 뽑게 만든다면?

나는 이 결과가 엄청나게 궁금했다. 인간과는 다른 종족. 하지만 다를 뿐 틀리진 않다는 게 증명될 것인가?

아니면 그들은 역시 힘의 논리로만 돌아가는 종족일는지.

'당장은 생각만.'

아직은 시기상조다. 여러 과정을 통해 '씨앗'이 보인다면 충분히 걸어볼 만한 낚시였다.

하지만 그 말을 꺼내기 전에, 내가 먼저 '민심'을 얻어야 한다.

미친 왕이 나타났다!

소문은 삽시간에 퍼졌다. 새로 즉위한 왕의 행보가 심상치 않았기 때문이다.

우선 왕성의 외각에 직접 왕이 행차하며 헐벗은 아이들에게 밥을 나눠주기 시작했다.

이것만으로도 놀라운 일이었다.

그 더럽고 냄새나는 장소는 덜떨어진 마족뿐이 없는 장소다. 멀쩡한 마족은 제정신으로 그곳에 들어가려고 하지 않는다. 누가 죽어도 아무도 모를 그런 장소에 왕이 직접 행차할 줄이야.

뿐만이 아니다.

왕은 왕성에 살지 않는다. 평범한 집에서 여타 다른 마족들처럼 살아갔다.

"정신이 나간 거 아니야?"

"전혀 왕답지가 않군."

"왕이 권위가 없어서야……."

힘 있는 자들은 그런 왕의 행보를 이해할 수가 없었다.

더욱 몰아붙여야 움직이는 게 마족의 습성이다. 저토록 한없이 퍼줘선 배부른 돼지가 되어 생각만 많아질 따름이었다.

왕의 첫 행보에 모두가 고개를 갸웃했다. 그러니 그저 왕이 미쳤다고 할 수밖에.

어떤 방향으로 나아갈지, 어떤 왕을 만나게 될지, 그래서 어떠한 변화가 생겨날지 현재의 그들은 전혀 모르고 있었다.

둠이 인상을 찌푸렸다.

"6군단장이 죽었다고?"

태양성의 깊숙한 곳에 심어놓은 세작이 전해준 정보 탓이었다.

6군단장을 자기의 편으로 끌어들이고자 들인 공이 매우 크다. 막대한 재화와 힘을 주었건만 그것을 허무하게 날려 버린 것이다.

"태양신과 그 사자가 나타나 6군단장을 죽였다고 합니다."

"말도 안 된다. 태양신은 없어."

둠은 확신하고 있었다. 그는 본래 사자왕이었던 자. 지금은 둠의 가죽을 뒤집어쓰고 있으나 사자왕의 자리에 있을 때 모든 현실을 깨우친 바가 있었다.

신이라 불리는 족속은 '허무'에 갇혔고, 당연히 태양신도 있을 리 만무했다. 그런데 태양신과 그 사자가 6군단장을 처리했다니, 있을 수 없는 일.

세작이 계속해서 말했다.

"태양왕과 태양신이 합심하며 태양성의 마족들을 포섭하기 시작했습니다. 남은 하나도 섣불리 움직이지 못하고 있는 상황입니다."

"멍청한 놈. 때를 기다리라고 그렇게 말했거늘……."

심어놓은 세작은 많았다. 6군단장 역시 그중 하나였으나 남은 하나가 더 있었다. 군단장 두 명이 함께 있다면 역전을 꾀해 볼 수도 있었겠지만, 6군단장의 폭주로 인해 중요한 카드 하나가 허공에 증발해 버렸다.

'내 승리는 확정적이다. 팔콘을 죽이고 놈의 지지 기반을 거의 흡수했으니, 쉴 새 없이 몰아치기만 하면 되었지.'

팔콘을 죽인 뒤 여태까지 놈의 지지 기반을 흡수하느라 시간이 걸렸다. 하지만 그 작업도 거의 끝나가던 참이다.

이대로 무난하게 시간이 흐른다면 이 전쟁, 자신의 승리였다.

불확정 요소의 발을 묶어두고자 일곱 군단장 중 두 명이나 회유한 것인데 그중 하나가 죽고, 우리엘 디아블로의 위상만 높아진 탓이다.

"우리엘 디아블로의 움직임은?"

"왕성에서 지내지 않고 일반 마족들과 함께 지내는 중입니다."

"일반 마족들과 함께?"

둠은 고개를 갸웃했다. 왕은 당연히 왕성에 있어야 하는 법이다.

"예, 심지어 쓸모없는 마족들을 거둬들인 뒤 그들을 먹이고 재우며 훈련시키고 있다고 합니다."

"발악하는군. 하긴, 진골 이상의 마족들은 쉽게 따르려고 하지 않을 테니……."

"오히려 힘 있는 마족들과 접선하고 있는 건 태양교의 교주 코로나라고 하더군요."

양동 작전을 쓴다?

둠이 천천히 턱을 쓸었다.

왕이 직접 움직이는 것보단 오히려 그편이 나을 수도 있다.

"그래 봤자 시간이 지날수록 반발심만 커질 텐데."

"예, 두 입장이 첨예하게 대립하고 있습니다."

힘 있는 자들일수록 자신이 대우받는 걸 좋아한다. 6군단 장을 포섭한 것도 바로 그러한 점을 공략해서다. 그런데 새로 즉위한 왕이라는 놈은 약자들과 놀고 있다.

멍청한 건가?

밑바닥에서부터 시작한 놈이라 잘난 놈들과 어울리는 법을 모르는 걸까.

"다행이군."

둠이 한시름 놓았다는 듯 고개를 끄덕였다.

지금 상황에서 우리엘 디아블로까지 신경을 쓴다면 시간이 많이 지체될 것이다.

그럴수록 로드들은 뭉칠 것이고 자신에게 저항하려 들 터였다.

"지금은 놈에게 신경 쓸 겨를이 없다. 중립의 데몬로드들과 접선은 되고 있나?"

"두 명이 넘어왔고 나머지는 계속해서 진행 중입니다."

"좋다. 다음 경매가 다가오기 전에 최대한 일을 앞당기겠다."

여기서 속도를 더 높인다. 달리는 것만으로는 부족하다는 뜻.

"보기 좋은 광경이로군."

그런 둠의 밑으로, 거대한 시체의 밭이 펼쳐지고 있었다.

지독한 악취와 피 냄새가 코끝을 마비시킬 정도였다.

자신에게 반하는 모든 자를 무참하게 살육한 결과.

둠의 욕망이 심연을 집어삼키고 있었다.

단순하게 먹여주고, 재워주는 것만으로 만족할 생각은 없었다.

그들은 그 값을 하기 위해 일을 배워야 했다.

나는 성안으로 백원후들을 들여 버림받은 마족들이 기술을 배울 수 있도록 환경을 조성했다.

"아무리 대라선의 말씀이라 해도 내키지 않는구나."

은후.

예전 내 검을 만들어준 적이 있는 대장장이 중의 장이었다.

그가 마음에 안 든다는 듯 한마디를 내뱉었다.

하지만 '대라선의 말'은 마법과도 같았다.

"저희가 이런 기술을 배울 수 있겠습니까?"

"저는 손 한쪽이 없는데요."

문제는 마족들의 태도다. 버림받은 그들은 그대로 방치되어 썩어갈 뿐이었다. 누군가가 나서서 무언가를 가르쳐 준다는 상황 자체가 익숙하지 않았다.

게다가 신체적 결함이 있는 마족들이 더욱 많은 상황.

그러자 은후가 대뜸 눈썹을 찌푸렸다.

"시력이 없는 자들은 손끝의 감각이 더욱 뚜렷해진다. 신체 중 결함이 생기면 다른 쪽이 진화하게 되어 있다. 너희들은 그런 것도 모르는 거냐?"

"망치는 내 아이처럼 소중하게, 모루는 내 아내의 배처럼 따듯하게 어루만져야 한다."

"자, 봐라. 할 수 있지 않느냐?"

싫다, 싫다 하지만 역시 들이길 잘한 것 같다.

은후는 쉰 소리를 내면서도 할 일을 다 하고 있었다.

이에 전투가 불가능한 마족들은 기술을 배웠다. 오히려 신체적 결함이 있기에 더욱 세심한 작업이 어울리는 경우도 많았다.

그리고 신체가 멀쩡한 마족의 경우, 다시금 '재수업'을 시켰다.

"무공의 기본은 마음의 평정심에서 시작된다. 평정심이란 나 스스로를 인정하고 용서할 때 비로소 나타나는 것. 그러기 위해 너희들에게 오늘 가르칠 건 마음을 다스리는 법, '심법'이다."

구화랑을 비롯한 야차들도 성내로 들어와 무공을 전파하기 시작했다.

그들의 신체가 마족과는 다르다고 하나, 범용성이 넓은 무공은 충분히 있었던 것이다.

일이 진행될수록 태양교에 귀의하는 신도들도 폭발적으로 늘어났다.

"태양은 모두를 아우릅니다. 우리의 태양을 제외한 모든 이는 평등합니다."

이 모든 과정이 '교화'의 과정이었다.

밑바닥에서 기어 다니던 마족들은 짙은 패배감과 무력함으로 삶을 살아간다.

그들이 다짜고짜 변화하기를 바랄 수는 없다.

하지만 이렇게 조금씩 교화시키면 스스로의 삶이 불필요하지 않다는 걸 인지시키면 그 폭발력은 보통의 것보다 배가 되는 법이었다.

나는 그런 경우를 숱하게 봐왔다. 멸망하기 전 지구에서.

'마족은 민주주의를 받아들이지 못해.'

하지만 한계는 분명히 있었다.

모든 이가 평등하고, 그 구성원 모두가 같은 힘을 지니고 있다는 기본전제를 마족은 이해하지 못한다.

하지만 막강한 우두머리 하나를 두면, 빛을 따르는 반딧불이처럼 우르르 일어서게 되어 있다는 것을 깨달았다.

한마디로, 나는 '태양'이 되고자 움직이고 있었다.

그리고 몇 개의 '규칙'도 만들었다.

-우리는 모두 같은 태양신의 자손이다. 자손들끼리의 살육을 금지한다.

-우리는 하나의 구성원으로 하나가 되어야 할 의무가 있다.

-우리의 적은 우리에게 배고픔과 고통을 준 불신자들이다.

-우리는 심연의 진정한 주인이 될 권리를 가졌으며, 이것은 태양신의 이름으로 허락된 것이니 그 권리를 쟁취하고자 투쟁해야 한다.

네 가지.

다소 편파적이지만 반드시 필요한 규칙이었다.

이런 작은 규칙조차 없어서 성의 내부에선 하루에도 수백의 마족이 살육전을 벌인다. 나는 그들을 엄하게 벌하며 본보기로 내세웠다.

그러자 살육의 빈도가 눈에 띄게 줄어들었다.

하지만 마족의 전투 성향은 본능적인 것. 강제로 누른다고 억압되는 게 아니라는 것 역시 나는 알고 있었다.

그래서 밑의 항목도 추가한 것이다.

'우리의 적은 태양신을 믿지 않는 불신자들이다.'

그 불신자는 내부에 있을 수도 있고, 외부에 있을 수도 있다.

그리고 그러한 불신자들을 죽이는 데에는 아무런 제제를 두지 않았다.

그러자 '불신자 사냥'이 시작됐다.

"태양신을 믿지 않는 이단은 우리의 구성원이 아니다!"

"죽이자! 그들의 재화를 빼앗고, 그들의 신체를 불태우자!"

다소라 하기엔 많이 과격했다.

마족들의 방식은 '죽음' 외엔 없었던 것이다.

이 운동은 밑에서부터 번져 나가며 순식간에 성 전체를 들썩였다.

그러자 군단장들의 입지가 더욱 좁아지는 계기가 됐다. 그들 역시 '불신자 사냥'에서 마냥 자유로울 수는 없기 때문이다.

과격하긴 해도 이게 그들에게 맞는 방식이었다. 억지로 맞지 않는 옷을 입히면 탈이 나게 되어 있으니, 나는 최대한 저들과 나의 방식 그 중간의 줄을 계속해서 탈 필요가 있었다.

[놀라운 왕의 업적입니다. 백만 이상의 마족을 세뇌시키는 데 성

공했습니다.]

　[2,000,000pt를 획득했습니다.]

　[세뇌된 마족의 행동에 따라 추가 포인트를 획득합니다.]

　[왕의 권위가 나날이 상승하고 있습니다.]

　[명예 2,700점과 500,000pt가 추가됩니다.]

　…….

　[왕의 위엄을 보이세요. 더욱 많은 마족을 세뇌하세요. 그들이 진정으로 왕을 따를 때, '더 로드'의 칭호가 부여됩니다.]

　좋은 소식은 또 있었다. 포인트가 미친 듯이 늘어나고 있었다.

　일반적인 왕이었다면 얻지 못했을 그런 추가 사항들.

　나는 진심으로 그들이 나를 따르도록 만드는 중이었다.

　포인트는 힘이다. 암흑인이나 신들조차 어찌할 수 없는 새로운 법칙 중의 하나였다. 이 포인트야말로 다대일을 버티게 해줄 나의 근간이 되어줄 것이다.

　하지만 마냥 돕기만 해선 모든 이의 진심을 얻을 수 없다.

　모든 이의 진심을 얻기 위해선 '위험'이 동반되어야 한다.

　'외부의 적만큼 내부가 결집하도록 만드는 힘은 없지.'

　태양성을 직접 공격한 외부의 적은 여태껏 없었다. 태양왕이 기거하는 이곳을 공격했다간 미안하다는 말로는 절대 안 끝나기 때문이다.

하지만, 있다면?

태양왕의 성을 공격할 정도로 호전적인 적이 존재한다면 어떨까.

그리고 그 적이 결코 만만한 적이 아니라면…….

"로드시여, 사자왕의 전언입니다."

라이라. 그녀가 바깥을 나갔다가 돌아왔다. 회복한 그녀를 아직 6군단장의 자리에 앉히진 못했지만, 일이 내 예상대로 흘러간다면 조간만 라이라를 그 자리에 앉힐 수 있을 것이다.

하여간, 그녀의 귀환은 많은 것을 뜻했다.

"그가 뭐라고 했지?"

"'마음대로 하라'라고……."

짝!

손뼉을 쳤다.

안달톤 브뤼시엘. 새로운 사자왕으로 등극한 그가 내 제안을 받아들였다.

그의 정적을 내가 제거하고, 반대로 성안에 숨은 채 내 목숨을 노리고 있는 정적은 그가 제거하는 완벽한 시나리오.

'배신자는 하나가 아니다.'

둠이 하나만 심어뒀을 리가 없다.

다른 세작도 심어뒀을 가능성이 100%였다.

가만히 등 뒤에 검이 꽂혀줄 생각 따윈 전혀 없었다.

작게 미소 지으며 저 너머를 바라봤다.

마침 성문으로 들어오는 거대한 마차의 행렬이 있었다.

수많은 종류의 마족이나 괴물들이 쉴 새 없이 들어왔다. 모두 행색이 다르고 서로를 견제하는 느낌도 없지 않아 있었지만, 그들은 내가 왕위에 오른 것을 축하하고자 사방에서 보낸 사절단들이었다.

"조심하십시오. 저들은 로드의 재량을 확인하고자 이곳에 온 자들입니다."

"알고 있다."

외부의 적을 안달톤 브뤼시엘이 준비한다면 나는 더욱 내실을 다질 때였다.

나의 적이 될 자들과 아군이 될 자들을 확실하게 구분 지어야 한다.

저 행렬엔 사천왕 외에도 수많은 도시의 지배자들, 대부호나 다른 사천왕의 사절단도 포함되어 있었다.

저들은 축하한다는 말을 건네며 나를 떠보려고 할 게 분명했다.

축제가 시작될 것이다.

"전쟁을 준비해야겠군."

하지만 대상에 따라 마냥 즐거운 축제가 될 것 같진 않았다.

"오오, 우리엘 디아블로 님! 새로운 태양왕으로 등극하신 걸 축하드립니다!"

"축하드립니다!"

기다란 사절단의 행렬은 끊이질 않았다.

그들은 내 앞에 무릎 꿇고 앉아 자신이 가져온 공물을 내밀며 얼굴을 내비쳤다.

심연의 작고 큰 도시의 지배자들, 온갖 이해관계로 인해 나를 떠보고자 온 불한당들…… 이 중에서 실제로 내게 잘 보이고자 이곳에 온 자는 거의 없었다.

'여기선 위엄을 드러낸다.'

내가 하는 모든 몸짓과 말 한마디에 그들은 계산을 한다. 저울질을 하고 누구에게 붙을지 판단하는 것이다.

현재 심연은 아수라장이다. 둠의 총공세가 시작되며 균형이 무너졌다.

사천왕에게 붙어 안위를 챙기려는 자가 많을 것이고, 이제 막 즉위한 나는 그들의 먹기 좋은 먹잇감처럼 보였을 터.

"형편없군."

묵직하게 한마디, 입에 담았다.

그들이 가져온 재화를 턱 끝으로 바라보며 끝내 실망한 듯 고개를 저었다.

물론 당장 내 앞에 놓인 것들은 내가 우리엘 디아블로로 활동하며 번 것보다 더 많았다. 눈이 휘둥그레질 정도였다. 하지만 지금의 나는 일개 데몬로드가 아니다.

태양왕.

그에 걸맞은 대우가 필요하다. 그리고 지금 눈앞에 놓인 자들이 내놓은 건 태양왕의 이름값에 어울릴 정도의 재화가 아니었다.

"태양왕을 뭐라고 생각하는 거지? 고작 이딴 쓰레기들을 가져오며 축하한다고?"

자리에서 일어나 마력을 방출했다. 12가지 시련을 겪으며 내 마력은 한없이 깊어진 상태. 일개 괴물들 따위는 감당하기 힘들 것이었다.

나는 금은보화가 쌓인 눈앞의 제단에 올라 그것들을 발로 무참하게 짓밟았다.

"나를 농락할 셈이냐? 내가 본래 데몬로드였다고 하여 내 그릇마저 작게 본 건가!"

대놓고 욕심을 드러낸다.

실제로 내겐 보다 많은 재화가 필요했다. 앞으로의 전쟁을 준비하려거든 마르지 않을 자원 줄이 있어야 했다.

가장 쉬운 방법은 이곳에 모인 자들에게 내가 '욕심 많은 왕' 임을 보이는 거다.

욕심을 채워주면 그에 상응하는 대가를 준다는 듯 유혹하고 그들이 내게 재화를 건네도록 만드는 것이었다.

쿠르르릉.

태양탑에 만들어진 제단. 그 주변부가 흔들렸다.

그때였다.

내가 던진 미끼를 문 자가 있었다.

"태양왕이시여, 저희 사절단은 아직 왕의 근처에 도달하지도 못했습니다. 부디 저희의 것을 보시고 판단해 주시길."

그윽하게 시선을 옮겼다.

저 멀리에서 거북 등껍질로 무장한 종족의 무리가 나를 바라보고 있었다.

"심연의 뒷면을 지배하는 3개의 상단. 그중 하나인 '일리언스 상단'입니다. 급격하게 성장하여 다른 상단과 사이가 좋지는 않지만, 어떠한 철광석보다 두꺼운 등껍질을 가진 '검은 괴물거북'의 사냥을 업으로 삼던 인어족이며, 계산이 철저하기로 유명합니다."

이곳에 오기 전 라이라가 내게 설명한 부분이었다.

일리언스 상단. 심연을 지배하는 거대 부호라.

인어라 칭한 만큼 확실히 피부 겉면이 반들반들했다. 또한 다리가 있지만 마력의 유사성을 따져 봤을 때 마법으로 만든 것인 듯했다.

그들의 행렬은 50여 명 정도로 이루어져 있었는데, 자신감 넘치는 모습으로 다가와선 제단 앞에 가져온 재화를 풀었다.

"……과연 일리언스 상단. 제법 생각이 있는 것 같군."

그것들을 보며 나도 고개를 끄덕일 수밖에 없었다.

3대 부호라는 말이 괜히 있는 게 아니라는 듯 휘황찬란한 물건이 많았다.

당장 무너진 성 몇 개는 바로 만들고도 남을 정도는 되는 것 같았다.

아니, 단순히 그 정도가 아니다.

'너무 많아.'

단순히 사절단으로 취임식을 축하하며 바치는 것치곤 재화의 양이 너무 많다. 포인트로 따지면 족히 300만 포인트는 될 것이다.

이만한 걸 그냥 준다?

상인은 밑지는 장사는 절대 안 한다. 이들이 정말 상인이라면 그에 상응하는 무언가를 얻어내려 할 터.

긴장을 놓아선 안 된다.

"알아봐 주셔서 감사합니다. 저는 일리언스 상단의 부상단주를 맡고 있는 오냑이라 합니다."

스스로를 오냑이라 소개한 어인은 날카로운 철갑상어의 뾰족한 코를 가지고 있었다.

부상단주. 상단주가 직접 오진 않았으나 3대 상단이다. 부상단주를 보냈다는 건 그만큼 이번 행사를 중요하게 생각한다는 뜻이었다.

"오냑, 일리언스 상단. 기억해 두마."

"이것들이 끝이 아닙니다."

"뭐가 더 있단 말이냐?"

"보물 중의 보물이 남았지요."

오냑은 여전히 자신감 넘치는 목소리로 말하며 웃어 보였다.

이어, 그의 옆에서 머리끝까지 천을 뒤집어쓰고 있던 여인이 한 발자국 앞으로 나섰다.

"새로운 태양왕의 즉위를 상단주께서 직접 축하하고자 하는 의미로, 그분이 가장 아끼던 셋째 딸을 왕께 바치고자 결정했습니다. 스칼렛 아가씨."

스칼렛이라 소개된 여인이 천천히 천을 벗었다.

그러자 주변이 환해지는 것만 같은 착각이 들었다.

이토록 아름다운 어인이라니. 미(美)의 기준이 다르다고는 하지만, 결국 궁극점은 비슷해지게 마련이었다. 눈앞의 여인은 그 궁극점에 다다랐다 보기에도 충분할 듯싶었다.

압도적인 미모.

감히 요르문간드와 쌍벽을 이룰 수준이었다.

하지만 둘이 가져다주는 아름다움은 그 궤가 달랐다.

'요르문간드가 폭발적인 아름다움이라면, 이 여인은 은은하고 신비하군.'

흔히 말하는 우물(尤物)과도 같은 여자.

요르문간드는 쉽사리 접근하지 못하지만, 이 여인은 누구나 '갖고 싶다'라고 생각하게 만드는 묘한 마력을 지니고 있었다.

경국지색이라 하던가?

나라를 망하게 만드는 여인이 딱 이런 여인일 것만 같다는 느낌이 들었다.

"스칼렛이라 합니다."

자신을 드러내는 것마저도 기품 있었다.

그러자 옆에 있던 오냑이 거들었다.

"스칼렛 아가씨는 모든 어인 중에서도 가장 아름답습니다. 아가씨를 보고자 매일 수천의 어인이 발치에서 애절하게 몇 날 며칠을 기다리곤 하지요. 상단주께서도 스칼렛 아가씨를 무척이나 아끼셨으나 나이가 차서 주변을 물색하고 있었습니다만……"

오냑이 작게 혀를 차곤 고개를 저었다.

"마땅한 상대가 없었습니다. 지옥왕이 직접 스칼렛 아가씨를 보고 납치를 시도했을 정도였으나, 상단주께선 격노하시며 거절의 의사를 확실히 밝혔습니다. 하지만 이후 지옥왕의 욕심 때문에 아가씨는 상단 밖을 한 발자국도 나가지 못하게 되었습니다."

눈물바다가 되려고 한다. 따라온 어인들이 모두 눈시울을 붉혔다.

"이곳에 온 것도 상당한 모험이었습니다. 지옥왕의 손아귀에서 겨우 눈을 돌릴 수 있었지요. 부디, 저희 아가씨와 저희 상단을 도와주시지 않겠습니까?"

스칼렛과 오냐를 비롯한 모든 어인이 무릎을 꿇었다.

상당히 진심 어린 말투. 애절하기까지 하다.

하지만 너무나도 저자세다. 정말 그런 사연이 있다고 하더라도 이들의 행동은 과한 감이 없잖아 있었다.

'3대 상단은 누구의 눈치도 보지 않기로 유명하다 했지.'

사천왕조차도 쉽게 건들 수 없는 게 그들이다. 그들만의 견고한 카르텔을 형성해 누구의 개입도 허락하지 않는다고.

만약 내가 라이라를, 요르문간드를 몰랐다면, 이 유혹에 빠졌을지도 모른다. 그만큼 스칼렛이라 불린 여인은 우물처럼 깊었기 때문이다.

단순한 정신 공격이 아닌 본능에 의거한 유혹.

하지만 섣불리 발을 담기엔 걸리는 게 많았다.

이 모든 게 상단주의 그림일 가능성이 높았다.

'그만큼 나를 높게 봤다는 뜻.'

내게서 무엇을 본 걸까?

더불어 정말로 그토록 아끼는 딸을 내게 보내면서까지 무엇을 얻으려는 걸까?

"그녀를 품으라는 말인가?"

"예, 당장이 힘들다면, 지옥왕의 손길을 벗어날 수 있을 때까지만 머물게 해주셔도 됩니다."

"이러한 사항들을 그녀도 알고 있는 건가?"

"예."

"너에게 말한 게 아니다. 스칼렛, 그녀에게 물은 거다."

선을 그었다. 뭔지도 모르고 함부로 품을 수는 없었다. 최소한 독인지 약인지는 알아야 하지 않겠는가.

'힘을 키울 때 가장 좋은 건 혈연으로 묶이는 거지.'

안다. 어쩌면 이 전쟁에서 승리하기 위해 그들의 힘이 필요할지도 모른다.

그것을 부정할 생각도 없다. 다만, 걸리는 게 너무나도 많았다. 내키지도 않았고.

이어 스칼렛의 깊고 깊은 눈빛이 내게 닿았다.

"제가 선택한 일입니다."

"네가 선택했다고?"

"예, 태양왕께서 새로 등극하셨다고 들었을 때, 그 무용담과 수많은 이야기를 듣고 제가 결정했습니다. 이분이야말로 제게 맞는 분이라는 것을요."

상단주가 결정한 게 아니다?

그녀가 직접 내 곁으로 오기를 희망했다니…….

'눈에 비치는 현묘함. 이런 느낌은 착각이 아닐 때가 많지.'

그녀의 눈은 깊었고, 또한 현묘했다.

나는 선택해야 했다.

품을 것인가, 내칠 것인가?

품는다면 300만 포인트에 다다르는 막대한 재물이 따라온다.

또한 계속해서 추가적인 지원이 있을 것이라 기대할 수 있다.

내친다면…….

'그들의 성의를 무시한 게 되겠지.'

하!

머리를 잘 썼다.

나는 스칼렛의 눈을 똑바로 쳐다봤다.

하지만 나는 그녀의 미(美)에 홀린 게 아니다. 라이라를 만나고, 요르문간드를 접하고, 신성과 시련을 깨며 내 정신은 누구보다 성숙해진 상태였다.

"잠시간 머물게 해주마. 하지만 지옥왕의 손길이 더 이상 미치지 않는다고 판단할 때, 그때엔 돌아가야 할 것이다."

완전히 받아들이지 않는다.

적당히 거리를 두며 성의를 무시하지 않는 선에서 마무리하기로 했다.

그 뒤로 다른 상단과 지배자들이 내게 다가왔지만 눈에 차지 않았다.

일리언스 상단. 그리고 스칼렛……:

보물이 될지 그냥 처치 곤란한 돌덩이가 될지 조금 더 지켜봐야겠다.

"아가씨, 어떠셨습니까?"

오냑이 부복했다.

우리엘 디아블로에게, 상단주에게 조아리는 것보다 더욱 극진한 태도로.

스칼렛은 그 천혜와 같은 미소를 지으며 고개를 끄덕였다.

"그는 제 미모에 혹하지 않았어요. 더 깊고, 더 웅장했죠."

스칼렛은 특별하다.

그녀는 본능적으로 무엇이 맞고 틀린지 알아낼 수 있었다.

더 나아가 무엇이 옳고 그른지마저 분별해 낼 능력이 있었다.

그리고 그녀가 우리엘 디아블로를 보았을 때, 전율하며 경악할 수밖에 없었다. 그만한 그릇의 크기는 본 적이 없었던 탓이다.

"그렇다는 건······?"

"예, 제 생각이 맞았어요. 그가 제왕이 될 거예요."

"아······!"

오냐이 입을 크게 벌렸다.

스칼렛이 하는 말은 틀린 게 없다. 적어도 오냐이 봐온 것들은 그랬다.

이어 스칼렛이 입술을 깨물었다.

"하지만 조금 분하군요. 제 미모에 혹하지 않는 자가 있다니."

"어찌시겠습니까?"

"그가 제게 반하게 만들어야겠어요. 마음 깊숙한 곳에서 우러나올 정도로. 제왕의 처는 하나면 충분하니까."

스칼렛은 그림자에 숨어 있던 한 존재를 떠올렸다.

우리엘 디아블로의 근처에서 호위하듯 서 있었으나, 둘 사이의 애틋한 감정을 그녀는 읽은 것이다.

'라이라 디아블로라고 했던가?'

마음에 들지 않는다.

그러나 질 거란 생각도 들지 않았다.

그녀는 자신의 매력에 자신하고 있었다. 시간이 걸려도 결국은 자신을 택할 것이라고.

오히려 너무 쉽게 넘어가면 재미가 없으니까.

"모든 일정을 그에게 맞추죠. 가져온 모든 것을 풀도록 하겠어요."

"상단주께 알릴까요?"

"아뇨, 알리지 마세요. 그 과정에서 지옥왕이 알아차릴 수도 있으니까요."

지옥왕의 이야기는 거짓말이 아니었다. 그 끈질긴 작자를 피해 겨우 이곳까지 왔는데, 들켰다간 그의 심기만 건드릴 수도 있었다.

스칼렛이 주먹을 꼭 쥐며 말했다.

"그에 관한 모든 걸 알아내세요. 하나부터 열까지 빠뜨림 없이. 반드시 그가 제게 반하게 만들겠어요."

한국은 변했다. 세계도 변했고 김민식 그도 변했다.

'영웅은 만들어지는 게 아니야.'

만들려고 했다. 그는 본래 영웅이 아니었으니까. 과거로 돌아와 자기 자신을 영웅시하며 모든 걸 바꾸려고 했다.

그게 얼마나 부질없는 짓이었는지 가짜 알레테이아를 겪으며 깨닫게 됐다. 한순간에 수많은 인류가 적이 되고 자신을 쫓아왔을 때의 좌절감, 박탈감, 그리고 배신감.

하지만 아이러니하게도 지금은 또다시 '유일한 희망'이 되었다.

'모든 건 상황에 따라 만들어지는 법이다.'

아무리 악한 인간이라도 상황에 따라 영웅이 되기도 하고, 선한 인간도 상황에 따라 악인이 될 수도 있었다.

모든 것에는 이면이 존재한다.

오한성. 그가 과거 영웅이 될 수 있었던 건 오롯이 '그 하나' 밖에 남지 않았기 때문이다. 의지할 곳이라곤 그가 전부였으니까.

'유일한 하나. 왕이 되어야 한다.'

그래서 왕국을 만들려고 했다. 아포칼립스 길드는 그가 만든 왕국이었다. 하지만 세계에 비하면 심연에 비하면 그 힘이 얼마 되지 않는다.

어찌해야 하는가?

어찌해야 영웅이 왕이 될 수 있는가.

'모든 두려움을 극복하는 것.'

김민식은 인정했다.

자신의 왜소함을.

나약함을.

인간이 가진 본능적인 생존성을.

그것을 극복해야만 한다. 그래야만 '초월성'을 얻을 수 있다.

오한성. 그가 그랬다.

마지막 영웅이 왕이 되었지만, 얼마나 불안했을까? 얼마나 무거웠을까.

하지만 그는, 놈은 그것을 이겨냈다. 그래서 모두의 존경을 받았다.

-심연은 미지의 세계다. 저차원도 고차원도 아닌 유일한 하나로 존재하지. 다른 차원과 달리 굉장히 불안하기에 막바지에 다다르면 이 차원은 지구와 '융합'을 시도할 것이다.

가짜 알레테이아가 말했다.

놈의 진의는 모르겠지만 어쨌건 표면상으로는 자신을 돕고 있었다.

융합의 시도. 회귀 전에도 보지 못했던 일. 놈이 말하는 '데 몬로드의 전쟁'이 바로 그 막바지를 뜻하는 것일 테다.

"심연과 지구가 합쳐진다는 거냐?"

-그렇다.

"막을 방법은 없나?"

-없다.

정해진 수순이라는 건가?

만약 정말 놈의 말처럼 된다면 지구의 모든 생명체는 씨가 마를 거다. 생명의 규격 자체가 다르다. 심연의 괴물들을 인간은 쉬이 당해낼 수 없다.

설령 각성자라 할지라도 데몬로드와 같은 초월적인 괴물들을 어찌 상대할 수 있단 말인가.

"나 혼자서는 힘들겠군."

그래서 다시금 인정했다.

모든 건 '인정'에서 시작한다는 걸 깨닫게 된 덕이다. 인정하고 천천히 시작하면 된다. 아직 늦지 않았다.

이어 김민식이 작게 중얼거렸다.

"방법이 없는 건 아니야."

-방법이 있다?

"지구와 이어진 곳은 심연만이 아니다. 그렇지 않나?"

-맞다. 모든 차원이 작고 크게 연결되어 있다. 심연이 지구에 개입하며 생긴 커다란 구멍 때문이지.

"도움을 얻을 수 있다면 도움을 얻고, 우리에게 적대감을 갖고 있다면 공격하며 빠르게 성장을 도모하는 것."

극단적이다. 과거에도 하지 않은, 하지 못한 짓이었다.

오한성. 그도 감히 도전하지 못했던 영역.

하지만 지금은 소극적으로 움직일 때가 아니다. 더욱 적극적으로 멸망에 대비해야 한다.

김민식. 그 혼자가 아닌 모두가 함께.

"모든 '문'의 안쪽에 거점을 만든다. 심연도 예외는 아니야."

-괜히 괴물들만 자극할 수도 있는 행위다.

"이대로 가만히 있어도 죽는 건 매한가지."

움직인다. 하지만 이젠 혼자 움직이지 않을 것이다.

모두가 함께 움직여야 했다.

더불어 자신의 주변에 있다는 '지구의 신'을 찾아야 했다.

하지만 아무리 생각해도 자신의 주변에 그 '신'이라는 작자가 있을 것 같진 않았다.

가깝다고 했지만, 김민식의 교우관계는 그다지 좋다고 할 순 없는 탓이다.

그리고 대부분의 이가 과거와 비슷한 행적을 밟고 있었다.

유일하게 다른 인물이 있다고 한다면…….

'오한성.'

녀석이 사라졌다.

집에도, 주변에도, 어디에도 보이지 않는다.

혹시나 배나 비행기를 탄 게 아닐까 싶어 기록도 조회했지만 나오지 않았다.

마치 증발한 것처럼 없어졌다.

생각해 보면 녀석은 언제나 동에 번쩍 서에 번쩍이었다.

그동안은 크게 신경 쓰지 않았지만, 지금은 조금 신경이 쓰였다.

묘하게 사이가 좋은 것 같았던 시리아에게 닦달해 봤지만 그녀는 끝내 입을 열지 않았다.

'시리아는 뭔가를 알고 있다.'

그러나 억지로 말하게 할 수가 없었다. 더 이상 그녀는 아포칼립스 길드의 길드원이 아니었고, 김민식의 영향도 전혀 통하지 않는 범위에 있었기 때문이다.

'어딜 간 거냐? 정말로 네가……'

김민식은 입술을 깨물며 고개를 저었다.

정말로 한성이 녀석이 지구의 신일까?

그나마 의심이 가는 건 그 녀석뿐이었다.

하지만, 확신을 입에 담기는 이르다.

그보다 지금은 빠르게 움직이며 머지않은 미래를 대비해야 할 때.

생각을 정리한 김민식이 방에서 나오자, 아포칼립스 길드의 모든 길드원이 결집해 그를 바라봤다.

"방황은 끝났다. 지금부터 우리는…… 모든 '문'의 공략을 시작한다. 세계 차원 기구를 설립하고 그 위험성과 필요성을 전파하는 전담 팀을 꾸리도록."

무겁게 말했다.

심연의 위험성을 알려야 한다. 그곳의 공격을 막아내기 위해 선 우리 스스로가 자립하고 강해질 필요가 있다는 것을 어필해야 함이었다.

영웅은 앞서가는 자다.

모범을 보이며 뒤의 사람이 따라오도록 만드는 존재다.

김민식은 그런 영웅이 되기로 했다.

가만히 시선을 돌렸다.

스칼렛이 두 손에 물기를 묻혀가며 어린 마족들에게 먹을 것을 나눠 주고 있었다.

'굉장한 친화력이군.'

그녀의 존재로 인해, 내 계획이 조금은 앞당겨졌다. 외곽의 모든 마족과 순식간에 친화된 스칼렛은 연신 나를 옹호하는 데 앞장섰기 때문이다.

그녀의 매력은 종족을 가리지 않았다. 보는 이로 하여금 은 근하게, 그러다가 확 빠져들게 만드는 힘을 갖고 있었다.

특히 그녀는 '3대 상단'의 딸이다. 그 명칭이 그녀를 더욱 아름답게 만들어주었다.

'하지만 아직 위에서의 반발을 완전히 누르진 못했지.'

그들의 입장에서 나는 '미친 왕' 이상이 아닐 것이다.

그래도 상관없다.

이제 곧 사자왕이 한 말이 사실이라면 그조차도 해결할 실마리를 찾을 수 있을 터였다.

"불편한가?"

"아닙니다."

라이라가 고개를 저었다. 그녀는 묘하게 스칼렛과의 거리를 두고 있었다. 라이라는 내 전담 호위로 현재 항상 내 근처에 있었고, 언제나 묘한 투기를 발산하는 중이었다.

그런 내게 거리낌 없이 다가오는 자는 이그닐과 스칼렛밖에 없었다.

"다만, 조심하십시오. 그녀의 행동에서 의도적인 냄새가 납니다."

"의도적인 냄새라면?"

"그건……."

라이라가 입을 잠시 닫았다.

조금은 당황한 모습이었다.

느낌적인 느낌. 아마도 본능적으로 무언가를 느꼈던 것일 테지. 말로는 설명하기 어려운 감정 같은 게 있다는 걸 나도 안다.

라이라도 본래는 설명하기 어려운 그런 감정을 입에 담지 않왔다. 하지만 스칼렛의 등장으로 인해 그녀의 내부에서 조금은 변화가 생긴 것 같았다.

"우리엘 디아블로 님! 이것 좀 보세요! 너무 예쁘지 않나요?"

스칼렛은 생각 이상으로 쾌활했다. 어린 마족이 건네준 작은 꽃다발을 든 그녀는 확실히 화사해 보였다.

"아름다운 미소로군요. 같은 여자라도 설렐 정도로……."

"질투 나나?"

"그렇진 않습니다."

즉답이었다. 하지만 라이라의 미소 역시 저 미소 못지않다는 걸, 때에 따라 더 화사하고 아름답다는 걸 그녀는 모르고 있었다.

피식 웃으며 주변을 둘러봤다.

굶주린 배를 채우고, 기술을 배우고, 무공을 익힌다. 미소를 띠고 힘차게 땀을 흘린다.

마족들의 삶의 질은 나날이 좋아지고 있었다. 이들을 보면 인간과 전혀 다를 게 없어 보인다.

'계몽이라도 시키려는 거냐?'

문득, 그런 생각이 들었다.

이들은 심연의 괴물들. 인간이 아니다. 인간일 수 없다. 결국에는 지구를 침략하는 여타 다른 괴물들과 다를 게 없는 거다.

나는 이들을 계몽시켜 진정한 왕이라도 되려는 건가?

심연의 모든 괴물을 정리하고, 그다음은?

　생각을 하다가 고개를 저었다.

　'나는 이들을 전장에 내보내기 위해, 체스판의 말로 쓰고자 길들이고 있는 것이다. 그런 고민은 당장 내겐 사치야.'

to be continued

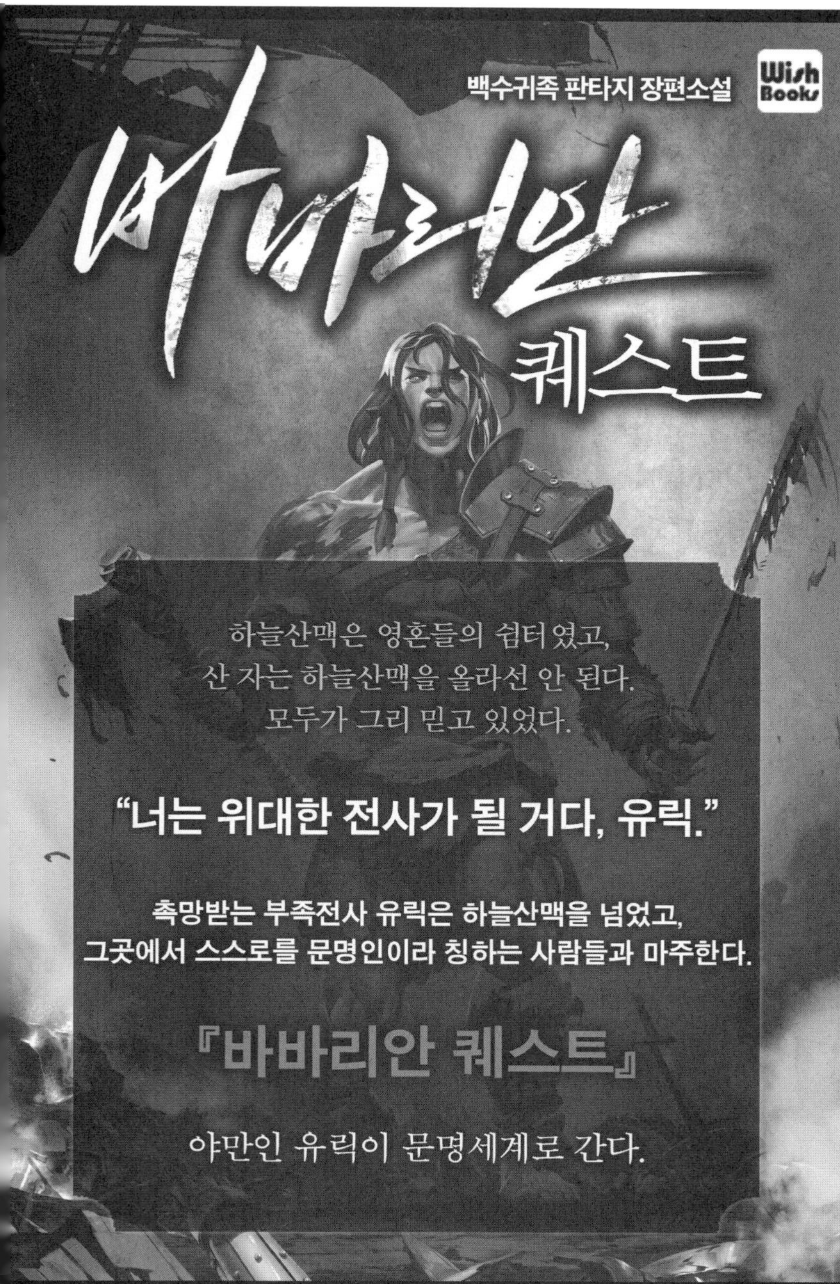
백수귀족 판타지 장편소설
Wish Books
바바리안
퀘스트
하늘산맥은 영혼들의 쉼터였고,
산 자는 하늘산맥을 올라선 안 된다.
모두가 그리 믿고 있었다.
“너는 위대한 전사가 될 거다, 유릭.”
촉망받는 부족전사 유릭은 하늘산맥을 넘었고,
그곳에서 스스로를 문명인이라 칭하는 사람들과 마주한다.
『바바리안 퀘스트』
야만인 유릭이 문명세계로 간다.

귀별도 없는 회귀

목마 퓨전판타지 장편소설

불친절하기 짝이 없는 이세계 '에리아'.
그곳에 소환된 '이성민'.

13년의 생활 끝에 죽음을 맞이한 그에게
또 한 번의 기회가 주어졌다.

재능이 없다.
그러나 그에겐 13년의 기억이 있다.

우연처럼 엮인 필연이, 그리고 목적이
그를 앞으로, 더 높은 곳으로 나아가게 한다.

이성민은 무엇을 바라였는가.
무엇이 되고 싶었는가.

"나는 다시 살아가 보고 싶다.
전생보다 나은 삶을."

Wish Books
한승헌 장편소설
리버스 슬러거
"그때 홈런 친 거 보셨잖아요?
절 왼손 대타로 쓰신다면서요!"
돌아가고 싶었다.
돌아갈 수만 있다면…….
정말 후회 없는 야구를 할 수 있을 것 같았다.
후회로 점철된 야구 인생을
바꿀 수 있는 단 한 번의 기회!
'과거와 똑같이 행동하면
다시 돌아온 의미가 없잖아. 안 그래?'

한태민 현대 판타지 장편소설

채널마스터

CHANNEL MASTER

할아버지 집 창고 정리 중 찾아낸 텔레비전.
그런데 이놈 보통 텔레비전이 아니다.

[채널 마스터 시스템에 접속하였습니다.]
[사용자의 정보를 분석합니다.]
[필요로 하는 채널을 업데이트합니다.]

경험을 쌓아서 채널을 더 확보해라!
그 채널이 고스란히 네 능력이 되어줄 테니.